CB035642

VOTE NELAS

MAISA DINIZ

RENATA MIWA

CARLA MAYUMI

PEDRO MARKUN

ILUSTRAÇÕES DE

RENATA MIWA

Grafia atualizada segundo o Acordo Ortográfico da Língua Portuguesa de 1990, que entrou em vigor no Brasil em 2009.

Preparação: Paula Marconi de Lima
Revisão: Bonie Santos e Willians Calazans
Projeto gráfico e composição: doroteia design

Dados Internacionais de Catalogação na Publicação (CIP)
(Câmara Brasileira do Livro, SP, Brasil)

Vote nelas / Maisa Diniz... [et al.] ; ilustrações de Renata Miwa. — 1ª ed. — São Paulo : Escarlate, 2024.

Outros autores: Renata Miwa, Carla Mayumi, Pedro Markun
ISBN 978-65-87724-49-2

1. Literatura juvenil I. Diniz, Maisa. II. Miwa, Renata. III. Mayumi, Carla. IV. Markun, Pedro.

24-193073	CDD-028.5

Índice para catálogo sistemático:
1. Romance : Literatura juvenil 028.5

Eliane de Freitas Leite — Bibliotecária — CRB-8/8415

Todos os direitos desta edição reservados à
SDS EDITORA DE LIVROS LTDA.
Rua Bandeira Paulista, 702, cj. 71D
04532-002 — São Paulo — SP — Brasil
☎ (11) 3707-3500
www.companhiadasletras.com.br/escarlate
www.blogdaletrinhas.com.br
/brinquebook
@brinquebook

Para todas as meninas – e meninos também.

UM DIA COMUM

Terça-feira, dia comum na Escola Cora Coralina, um calor danado, e o barulho chato dos ventiladores de teto tomava conta da sala enquanto a professora de matemática implorava por atenção. Dentre os alunos, Guta se distraía fazendo anotações no caderno.

Eu sempre achei matemática chata demais. Acho muito curioso pensar que dedicamos um tempão dos nossos dias pra calcular coisas que eu nem sei exatamente o que são e em situações completamente bizarras que eu mal consigo imaginar. Em resumo, um T-É-D-I-O. Logo na primeira aula, cinquenta minutos dessa conversinha, que sono. Só consigo pensar: "imagina se eu tivesse ficado em casa, estaria jogando video game no conforto do meu sofá, e ainda de pijama"... Ai, que delicinha.

E ai, que calor, isso sim. Mal consigo pensar, escrever e respirar com esse bafo quente. Mas olha, apesar do tédio, eu não vou ser injusta, a profe Isabela é bem ponta firme. Na verdade, ela beira a perfeição, sempre paciente e pontual. Além de linda, com aquele cabelo comprido e brilhante, sempre solto. E uns looks estilosos na medida, com influências de moda que realmente fazem sentido, mas sem exagero.

Às vezes, fico imaginando como ela era quando criança. Será que gostava de matemática? Ou será que não gosta até hoje? Credo, imagina dar aula de uma coisa que você odeia? Deve ser horrível... E mesmo que eu goste dela, não tem como negar, é um saco ter que aprender essas coisas geométricas. E sei lá, quem liga se um número é primo do outro ou não? Enfim, continuo copiando tudinho e sorrindo quando ela me olha no olho, assim disfarço meu tédio e sono. Ou será que é sono e tédio? Eu não seeeeei...

De repente, a Paula, sua amiga que estava sentada logo atrás, lhe passou um bilhete acompanhado de um peteleco:

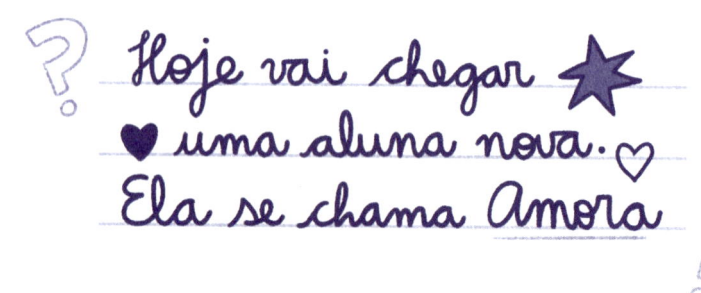

"Amora? Que nome diferente!", Guta pensou. Mas não disse nada, ou a professora ia perceber. Então, focou no sorriso amarelo e nas anotações enquanto ia matutando a novidade.

Terça-feira, um dia incomum na Escola Cora Coralina.

AMORA
COR-DE-ROSA

Lá de longe, os alunos ouviam um barulho que aumentava em meio à voz suave da professora: os passos de alguém se aproximando da porta da sala do sétimo ano A. Era a única sala exatamente em frente à diretoria. Os corredores eram estreitos, e as paredes, finas, incapazes de barrar o som que vinha lá de fora. Resultado: essa turma sempre ficava sabendo, antes de todo mundo, tudo o que rolava, já tinha rolado ou ia rolar por ali...

O barulho foi aumentando até que: silêncio total, nada de passos, nada de vozes. Antes que o suspense se tornasse insuportável, ouviu-se um toc-toc, e a diretora Ana Lídia apareceu na porta. Ela trocou olhares com a professora, pediu licença, entrou sozinha e anunciou:

— Bom dia, sétimo A! Eu já sei que a notícia se espalhou, então vim aqui para confirmar...

A pausa pareceu durar um total de cinquenta minutos. Mas, de fato, todo mundo já sabia da novidade. Ainda assim, todos haviam prendido a respiração, e o silêncio se mantinha na sala, deixando os ventiladores ainda mais barulhentos em sua batalha perdida contra o termômetro.

— Deem as boas-vindas para a Amora, a nova aluna da turma — disse a diretora.

Mal ela terminou a frase, uma garota entrou junto com o bafo quente que vinha do lado de fora. O dia estava ensolarado, e, mesmo assim, a garota parecia ter uma luz meio própria, sem explicação. Também era fácil de sacar — com certeza, provas e convicção — que ela, além dessa luz, também tinha muita vergonha. Com as faces coradas, abriu um sorriso bem sem graça e disse:

— Oi.

Sim, foi isso o que ela disse. O minuto seguinte pareceu mais uma eternidade, como se a diretora, a professora e a garota nova tivessem simplesmente esquecido os movimentos de uma dança que deveria estar decorada, mas a real era que ninguém sabia qual seria o próximo passo.

Quanto mais o silêncio se estendia no tempo e no espaço, mais rosa ficava o rosto da novata. A cor da timidez já alcançava o pescoço. Uma Amora literalmente rosinha diante dos olhos de toda a turma.

Foi aí que Jaque cochichou para as amigas, com um sorriso no rosto:

— Eu conheço a Amora! — O que era para ser um sussurro acabou saindo alto demais e virou um informativo para o resto da turma. Jaque continuou, agora assumindo que a comunicação era pública. — Ela é da minha escola de inglês, mas nunca fomos da mesma sala…

Era o que precisava para a Paula entrar em cena, complementando em alto e bom som:

— Vem, Amora, senta aqui com a gente!

A garota foi. Jaque sorriu e deu uma piscadinha para ela. Ana e Isabela se olharam e sorriram. A diretora se despediu, e o quarteto de garotas seguiu com a aula de matemática, agora sim, bem mais interessante pela curiosidade que a novata despertara. Até que o sinal tocou para o primeiro intervalo. Guta, Paula, Thaís, Jaqueline e Amora — o quarteto fantástico tinha acabado de ganhar uma nova integrante.

IGUAIS, MAS DIFERENTES

O sétimo ano A era um daqueles casos raros de turmas em que quase todo mundo estudava junto, na mesma sala, desde a educação infantil. E isso tinha coisas boas e ruins ao mesmo tempo, entre elas a intimidade rotineira que fazia da escola quase uma extensão de suas casas.

Basicamente, a turma se organizava da mesma forma havia mais de quatro anos. Uma dupla simpática de nerds sentava na frente: Lu, uma garota apaixonada por gatos, sempre de bom humor, e Diego, um garoto tímido, dono de um cabelo maravilhoso. Ele era tão bom aluno quanto Thaís, mas bem menos interessado em olimpíadas de matemática ou afins — suas paixões, um tanto incomuns para sua idade, eram livros de política e filosofia. Frequentador assíduo da biblioteca, ele nunca passava despercebido, não só por ter o sorriso mais bonito da escola, mas também por suas frequentes provocações, que faziam a turma inteira pensar qualquer assunto a partir de outros ângulos. Diversão garantida para as mais críticas professoras de plantão.

No fundão se sentavam Ricardo, com um sono pesadíssimo aula após aula, e os gêmeos da bagunça,

Guilherme e André. Um pouco mais à frente, um trio de esportistas que não se largava: Nuno, João e Joaquim; e uma panelinha de meninas: Ana, Bia e Marcela — amigas demais e certinhas demais. Elas achavam o antigo quarteto normal "de menos" e chamavam as colegas de "as diferentonas". No mais, restavam justamente as quatro garotas, sentadas todo santo dia nos mesmos lugares: bem no meio da sala.

A Paula era do esporte, nasceu para correr atrás de bola. Um poço de disposição em cima de pernas compridas. A garota tinha músculos, bom humor e animação para dar e vender, sempre pronta quando rolava um "vamos?". Dez em cada dez vezes ela era a primeira a dizer "sim" para qualquer convite, proposta ou ideia. No mais, vivia com a avó, uma senhora muito maneira, e um irmão mais novo, um garoto nem tão maneiro assim.

A Jaque dizia que essa energia da Paula era sol em áries. Não se sabia muito bem o que isso significava, mas o negócio é que ela adorava cartas de tarô e astrologia, histórias de bruxas curandeiras e energias ocultas. Ela tinha um dom, como se fosse capaz de falar uma língua só dela, na qual as outras pessoas não eram fluentes. Hipersensível e dona de sentidos bem aguçados, era muitíssimo atenta a tudo o que acontecia à sua volta. Tinha um humor bem elástico, que variava entre um extremo, tímido e doce, e seu oposto, irônico e debochado. Morava com um camundongo muito simpático, o Bugócio, e seus dois pais, o que às vezes soava estranho para algumas pessoas, mas ela não se cansava de explicar sua composição familiar com orgulho e boas doses de paciência.

Thaís era sinônimo de organização e responsabilidade. Tão boa aluna que, às vezes, se adiantava e estudava a matéria que a professora ainda nem tinha dado. Era a primeira aluna da sala, competia em todas as olimpíadas de matemática e sempre ganhava. A queridinha da diretora e da família toda, era filha única de pai e mãe casados e felizes. Um fato engraçado era que eles jantavam juntos, todos os dias pontualmente às oito da noite, sempre na mesa da sala de jantar e sempre o mesmo cardápio: sopa. Nunca reclamavam dessa dieta e nunca enjoavam, nem nos dias mais quentes de verão.

E, por fim, tinha a Guta, que até se arriscava como goleira para compor o time com a Paula, mas não sabia nada de mapa astral e não tinha nenhum interesse em ser a melhor aluna da classe. Ela gostava mesmo era de *video game*, mangá e quadrinhos. Às vezes, sonhava que era uma heroína que salva o mundo, tipo Guta Guerra Contra-Ataca. E acordava morrendo de rir dos looks coloridos dessa sua versão fantástica. Na sua casa moravam quatro: sua mãe, Eliane, artista que pintava quadros e deixava a casa toda colorida; seu irmão, um adolescente simpático e estiloso chamado Pedro, e seu gato, Batata, que mais parecia um cachorro de tanta alegria, carência e grude.

Sobre a novata, é importante dizer que essa era a primeira vez que ela mudava de escola. Sua antiga escola tinha sido fechada por problemas financeiros depois da pandemia de covid-19. E não era que ela fosse apaixonada pela escola antiga, mas sentia falta da familiaridade com o lugar. Estar em um ambiente novo trazia muitas preocupações, e ela sempre fora uma garota um pouco insegura. Será que ia conseguir fazer novas amigas? Será que ia se sair bem nas atividades escolares? As pessoas iam gostar dela? Ela ia gostar das pessoas? Para Amora, eram muitos os medos, as dúvidas e as inseguranças.

Ela era divertida, criativa, extrovertida, mas parecia que tudo isso estava em suspenso com a mudança. Seu plano era continuar fingindo até que tudo ficasse natural de verdade. Enquanto isso, seguia fazendo o de sempre: arte na mochila e nas paredes do quarto, muitas colagens e garimpando roupas usadas, que eram sua marca registrada. Brechó era parque de diversões para a Amora, um programa secreto que ela e sua madrasta, Adriane, costumavam fazer.

Também é importante dizer que a escola nova não era a única e gigantesca mudança em curso em sua vida. Filha caçula de pais separados, ela passava uma semana com a mãe e outra com o pai e a madrasta. Recentemente, tinha se tornado a filha do meio, porque o pai, Tiago, e Adriane tiveram um bebê, o Chico, seu novo meio-irmão. Uma bolinha gorda de pura simpatia e risadas banguelas. Ter um neném em casa era mais uma novidade para ela, que às vezes acordava de madrugada com o choro do bebê. Pela manhã, dava de cara com as olheiras da madrasta e do pai, que tinham passado a noite cuidando do Chico. Sua irmã mais velha era a Juliana, uma garota na flor da adolescência, o que na prática significava longos silêncios, pouco assunto e generosas doses de mau humor.

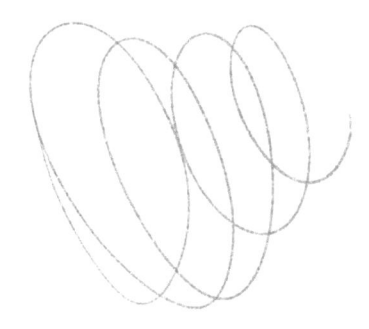

O QUARTETO CRESCEU

Amora seguia meio robotizada, sentada ao lado das garotas quase sem se mexer. Sabe quando você está se esforçando com todo o corpo, os músculos e as expressões para simplesmente parecer normal? Esse era o caso. Amora sorria, mas não muito, olhava nos olhos das garotas, mas não muito também.

E vê-la assim, tão sem jeito, despertava automaticamente um instinto de fraternidade nas meninas. Isso também é conhecido como sororidade. A palavra é meio difícil, mas quer dizer, mais ou menos, "ser legal com outras garotas". É quando as meninas cuidam umas das outras e ficam atentas para que todas à sua volta estejam sempre seguras e confortáveis. Afinal de contas, elas conseguiam imaginar que o primeiro dia numa escola nova podia ser de borboletas no estômago, coração disparado e suadeira.

Se alguém fosse descrever Amora, provavelmente seria assim: uma menina de cabelo castanho, da cor de caramelo, com uma franjinha muito simpática. A primeira impressão era a de uma garota tímida, meio sorridente. Suas unhas sempre estavam coloridas, e sua mochila parecia ter sido pintada por ela mesma, rabiscada com flores, raios e estrelas.

No sétimo ano A, todo mundo era pura curiosidade. Então, bastou o martírio da aula de matemática terminar e o intervalo entre as aulas começar para cair um toró de perguntas que mais parecia um interrogatório:

— Seus pais também são separados? — mandou Guta sem pestanejar.

Amora olhou para ela com cara de quem não esperava que aquela fosse a primeira pergunta do seu primeiro dia de aula. Enquanto refletia sobre a pergunta e elaborava a resposta, Jaque emendou:

— Oi, eu sou a Jaqueline, plutão na casa 12. Pode me chamar de Jaque. Qual o seu signo, Amora? Se não souber, pode me passar local, hora e data do seu nascimento que eu já tiro isso da frente.

A garota, que ainda se preparava para falar sobre sua estrutura familiar, só conseguiu soltar um:

— Hã?

Na sequência, Paula completou:

— E qual o seu esporte preferido?

Enquanto Amora puxava o ar e tentava organizar as ideias, Paula, Jaque e Guta olhavam fixamente para ela, ansiosas pelas respostas. Vendo a cena, Thaís interrompeu o interrogatório, balançando a cabeça, com uma sabedoria que só ela tinha:

— Amora, você vai ter muito tempo pra responder a todas essas perguntas. Primeiro, como representante de classe, preciso te mostrar a escola. Meu nome é Thaís,

vou te levar pra conhecer todo o prédio, explicar os horários das atividades extracurriculares e algumas regras específicas. Eu vou ser meio que responsável pela sua adaptação aqui na escola, tá?

Amora olhou para Thaís e sorriu. Sua expressão de alívio claramente agradecia a interrupção que a fizera voltar a respirar. Por fim, enquanto recuperava o fôlego, ela só conseguiu dizer:

— Agora?

— Sim, agora. Foi mal, gente — disse Thaís, indo em direção à porta e chamando Amora para segui-la.

Amora sorriu para as meninas que iam ficar e seguiu Thaís. As duas deixaram aquela invejinha no ar, afinal de contas, o próximo professor já tinha chegado e a aula ia recomeçar. Elas teriam o prazer de faltar à aula seguinte, matemática de novo, mais especificamente álgebra. Professor Osvaldo. É isso mesmo, terça-feira era sofrimento matemático duplo, com aulas seguidas de fração e regras de divisibilidade.

Boa sorte para quem fica.

NA BIBLIOTECA

Ao lado de Amora, Thaís caminhava como se estivesse sendo observada. Mesmo sabendo ser essa uma das suas atribuições como representante de classe, era a primeira vez que ela apresentava a escola a uma aluna nova, o que a deixava nervosa, também pelo esforço de lembrar tudo o que precisava falar e de ser clara em sua apresentação. É, Thaís era do tipo que não gostava de errar.

Já Amora parecia aliviada, sem tanta gente nova por perto e sem aqueles montes de perguntas. Mais relaxada, ela podia até respirar, nem que fosse um pouco. As duas seguiam em silêncio. Enfim, chegaram ao extremo oposto da escola, a fronteira do final do pátio, um muro cinza alto com uma porta de madeira e vidros coloridos na frente. Uma placa: Biblioteca.

Então, Thaís começou, como uma aeromoça descrevendo as saídas de emergência:

— Mais uma vez, seja bem-vinda, Amora. Como eu te falei, sou a Thaís. Sei que posso estar sendo repetitiva, mas minha função como representante de classe é garantir que você se adapte da melhor forma possível na nossa escola. Por isso, vou tentar ser muito clara enquanto passo todas as informações.

"Aqui, tcharã! A biblioteca", continuou Thaís, abrindo a porta colorida que parecia de um desenho animado. Um perfume de lavanda chegou até as duas assim que entraram, um frescor que fazia parecer que o bafo quente lá de fora nem existia mais. — Eu acho que aqui é o lugar mais limpo e fresco de toda a escola.

Quem cuidava da biblioteca era a dona Helena, uma mulher de meia-idade com óculos de gatinho na ponta do nariz e cabelo comprido, trançado desde a raiz. Sua voz calma e suave fazia o ambiente parecer ainda mais sereno. E, como se não bastasse, ela dava as melhores recomendações de leitura. Thaís garantiu que nunca tinha encontrado ali um livro que a dona Helena não tivesse lido. A organização e o cuidado com cada uma das obras era um trabalho que ela amava fazer.

As meninas se aproximaram dela, que estava sentada em sua mesa — lendo, claro —, muito concentrada. Quando sentiu a presença das garotas, levantou os olhos calmamente.

— Você deve ser a Amora, seja bem-vinda! — Ela sorriu por dois longos segundos, olhando no fundo dos olhos da novata. — Meu nome é Helena, sou a bibliotecária da escola. Pode contar comigo para guiar suas leituras. Para retirar os livros, é só trazer seu crachá, são no máximo três por semana. Você escolhe se quer devolver em dez ou quinze dias. E, enquanto estiver com as obras, lembre-se: cada livro é um universo inteirinho que merece e precisa ser cuidado — ela explicou, sussurrando na parte final.

— Se tiver alguma dúvida, pode falar comigo também, Amora. Eu estou sempre por aqui, lendo, retirando e devolvendo livros. Ou tentando retirar mais livros de uma vez ou negociando mais tempo para devolver — completou Thaís, brincando.

De repente, alguém escancarou a porta. Era Diego, entrando junto com o calor. Assim, mais de perto, o nerd fofo da turma era mais alto do que parecia à primeira vista. Sem pressa, ele trazia um livro — impossível não reparar.

— Gostou, Diego? — A resposta à pergunta de dona Helena foi o sorriso largo, perfeito para qualquer anúncio de pasta de dente. Ele deu um gentil "Bom dia de novo" para suas colegas de turma e foi cumprimentar a bibliotecária.

As duas ficaram estáticas na presença do garoto. Ele parecia ser bem mais que só tímido e bonito: era animado, trocava comentários e opiniões sobre o livro com a dona Helena.

Amora, ainda paralisada com o sorriso do garoto, entortou o pescoço para tentar ver a capa do livro que ele tinha acabado de devolver: *O guia do mochileiro das galáxias*. Puxando-a pelo braço, Thaís levou a nova colega para fora da biblioteca, cochichando:

— Esse é o Diego, ele é da nossa turma, lembra? E é também o cara mais legal da escola, mas não dá bola pra ninguém. Já ouvi um boato de que ele gosta de uma garota do oitavo ano, não sei... mas com certeza esse coração dele tem dona; impossível um garoto desses não gostar de ninguém.

Surpresa com essa versão fofoqueira de sua acompanhante, Amora não quis se mostrar tão interessada no assunto. Ela era nova na escola, não queria de jeito nenhum se envolver em conversinhas nem fofocas sobre ninguém. A ideia era minimizar os riscos e apenas se adaptar. E isso, decididamente, não era pouco.

NA CANTINA: VEGANOS TÊM VEZ?

Continuando o tour pela escola, as duas seguiram pelos corredores até chegar ao lado oposto do pátio aberto, onde havia mesas e bancos compridos. Na parede, uma pia com várias torneiras enfileiradas, os banheiros ao fundo e uma cozinha. Amora logo sentiu um cheiro delicioso no ar. Elas se aproximaram e se apoiaram no balcão da lanchonete.

Do lado de lá do balcão, cerca de cinco pessoas trabalhavam apressadas com suas toucas brancas, andando de um lado para o outro ao som de Marília Mendonça, tocando baixinho. Agora já dava para sentir o que era aquela delícia de cheiro: pipoca estourando no fogo.

— Hmmmm... que delícia, já tô com fome — disse Amora.

— Eita, se segura que ainda vai demorar pra gente poder comer. A cantina só abre na hora do intervalo. — Ela logo complementou com uma informação importante. — Ah, o cardápio muda toda semana. Tem alguma coisa que você não come? Se tiver, sua família precisa registrar aqui, pra você ter acesso aos cardápios especiais.

— Bom, lá em casa a gente faz a segunda-feira sem carne. Já ouviu falar? — disse Amora e emendou: — É uma campanha internacional que incentiva as pessoas a reduzirem o consumo de carne. Pra melhorar a nossa saúde e o meio ambiente.

— Nossa, que legal, eu não conhecia — disse Thaís. — Aqui na escola, os alunos vegetarianos e veganos tentam sugerir mudanças já faz um tempo, mas como são poucos, acaba que nada muda. O Diego, inclusive, superlevanta essa bandeira do veganismo. Ele é muito engajado e vira e mexe tenta propor um cardápio novo para os alunos que têm alguma restrição ou intolerância alimentar... Ele vive falando que comer menos carne é cuidar do planeta. Enfim... acho que precisamos continuar. A próxima parada é o grêmio.

No caminho até lá, Amora comentou, pensativa:

— Pois é, eu concordo com ele. Minha ideia é virar vegana mesmo, sem nada de produtos de origem animal: queijo, ovos, tudo isso.

Thaís arregalou os olhos, surpresa com as coisas que foi descobrindo sobre a nova colega e futura amiga.

A HISTÓRIA QUE A SALA DO GRÊMIO CONTA

Amora começava a achar que conhecer a escola nova era uma delicinha. A ronda rendeu tantas histórias que ela e Thaís pareciam amigas de longa data. E agora, com saquinhos de pipoca nas mãos — cortesia das funcionárias da cantina, driblando a regra —, as duas passeavam e tagarelavam entre risadas.

Passando por trás da cantina, dava para ver algumas salas: uma delas era o café e a recepção, na outra, havia umas impressoras, e a última estava fechada. A placa na porta dizia: "Sala do grêmio". Logo abaixo, um recado escrito à mão: "Entre somente se for convidado". Ao lado da porta, havia uma vitrine com vários troféus, medalhas, uniformes e fotos de garotos sorrindo.

— Bom, aqui é a sala do grêmio. Sua outra escola tinha grêmio? — Thaís perguntou. Amora fez que não com a cabeça, e Thaís continuou. — O grêmio é um grupo de alunos eleito pelos próprios alunos da escola todos os anos.

— E pra que serve? — perguntou Amora, genuinamente curiosa.

— Bom, vou começar com o que deveria ser: servir como ponte entre as necessidades dos alunos e a diretoria da escola — respondeu Thaís. E, como se estivesse contando um segredo, cheia de ironia, completou: — Na real, isso aqui é um clubinho de meninos, cheio de mordomias, incluindo salinha com vitrine, e vai ver até carteirinha de "Mr. Popular" para os integrantes. Certeza que eles iam adorar essa ideia. O resumo é que eles acham que são donos da escola, sendo que deveriam trabalhar pelo coletivo de alunos. Palhaçada, né? Fala sério, um bando de meninos metidos tentando esconder a insegurança e fazendo um total de zero coisas. Todo ano, na época da eleição, é o mesmo papinho cheio de promessas. E todo ano continua tudo igual.

Amora até se surpreendeu ao conhecer esse lado rebelde da Thaís. Ela espiou cada detalhe da sala. Apesar de fechada e com luzes apagadas, dava para ver mais ou menos o que havia lá dentro.

— Thaís, o que são aqueles quadros em sequência?

— São todas as chapas vencedoras do grêmio desde a fundação da escola — Thaís respondeu. — Percebeu algo comum em todas as fotos?

— Nossa, serião mesmo? Desde a fundação da escola, todas as chapas sempre foram só de meninos? Não é possível! — Amora comentou, com os olhos arregalados. — E eles são… sei lá… parecidos… até o corte de cabelo e tal…

— Real oficial. É tipo um clubinho restrito dos mesmos caras de sempre, só que institucionalizado. Preguiça, apenas — Thaís finalizou, bufando.

TRETA NA QUADRA

Agora mais indignadas e menos distraídas, as duas seguiram para a última etapa da visita: uma bela quadra poliesportiva. O ginásio era lindo, com um pé-direito altíssimo e arquibancadas muito bem pintadas. A gritaria dos jogadores ecoava no espaço.

— Nossa, que barulheira — reclamou Thaís, sem paciência nem apreço pelo local. — Aqui é a quadra, e já dá pra saber de longe por causa do cheiro de suor. O reduto das atividades físicas que, de vez em quando, beiram agressões corporais e, mesmo assim, são toleradas. Mais que isso, são celebradas com vibração e euforia.

Amora ficou com cara de quem não entendeu direito o que Thaís quis dizer.

— Como você pode perceber, eu não sou muito do esporte — declarou Thaís. — Prefiro negociar minha participação nas aulas de educação física com a professora. Ela me deixa trocar canelas doloridas por relatórios esportivos completos — ela explicou, cheia de convicção.

— Uau, acho que nunca conheci alguém como você. — Amora respondeu, sorrindo.

As duas entraram pelas arquibancadas e sentaram para assistir a um pouco da partida de futebol que estava rolando. Mal tinham se acomodado, o jogo foi interrompido por três garotas que entraram na quadra caminhando sem pressa, provocando uma vaia dos meninos que assistiam, enquanto os jogadores reclamavam, indignados.

Amora e Thaís observavam a cena, paralisadas e em silêncio. As meninas que interromperam o jogo usavam meiões até os joelhos, e a do meio tinha uma bola debaixo do braço. Claramente elas pretendiam enfrentar os jogadores. Para surpresa de Amora, mas não de Thaís, a garota à frente era ninguém menos que a Paula, sétimo ano A, presente.

— Você tinha dito que a gente podia jogar hoje. — Dava para escutar a Paula falando em alto e bom som, fitando um dos garotos enquanto se aproximava dele.

Amora logo reconheceu o menino. Era o mesmo do quadro da sala do grêmio, ou seja, o atual presidente. Apreensivas, as duas assistiam ao desenrolar da cena.

— Calma, Paulinha, calma. Pra que tudo isso? — O garoto deu um sorriso malandro, num tom de deboche, enquanto os outros faziam uma roda em volta para ver a treta mais de perto.

— Bruno, não faz o louco — respondeu Paula. — Esse jogo nem tinha que ter começado. Você prometeu que a quadra seria nossa hoje.

Ela mal conseguiu terminar a frase.

— Eu prometi a quadra? — ele disse, como se Paula tivesse alguma dificuldade para entender a língua portuguesa. — Não, eu prometi a quadra SE vocês chegassem primeiro. O que já era complicado pra mim, afinal, o dia das meninas jogarem é sexta-feira. Aí vocês aparecem aqui na terça e nem se esforçam pra chegar primeiro? Puxado, né?! E ainda me diz que quer ganhar o campeonato. O nosso jogo já começou, olha como eu fico numa situação ruim agora... — O garoto sorriu para a plateia de amigos.

— Bruno, nós temos um campeonato no final do mês. Precisamos treinar, esse jogo aqui não vale nada. Vocês estão jogando por jogar. Nós temos um time completo. E como eu vou chegar primeiro se a SUA sala é mais perto da quadra? — perguntou Paula. O clima estava tenso.

— Bom, aí realmente fica difícil pro meu lado. Eu não posso parar um jogo no meio só porque é véspera do campeonato feminino — ele disse, enquanto todos os garotos da rodinha riam. — Além disso, você está muito nervosa, é impossível conversar desse jeito.

A garota se aproximou mais, falando com calma. Seus argumentos eram tão assertivos que ela parecia até mais alta, com o peito estufado, a barriga para dentro e o queixo para cima.

— Bruno, como assim é impossível conversar? A gente já tá conversando, criatura. E "só" porque é véspera de campeonato? É por isso mesmo que precisamos da quadra... — Mas, antes de terminar a frase, ela foi interrompida pela gargalhada dos garotos.

— Paula, regra é regra, não tem como interromper o jogo. Vocês vão precisar sair — o garoto respondeu na maior cara dura.

Ela estava tão perto dele, mas tão perto, que provavelmente dava pra eles sentirem a respiração um do outro. A tensão era tanta que parecia até rolar um clima entre eles, Amora pensou, mas não comentou. A Paula não abaixou a cabeça, falou com raiva, levando o dedo em direção ao nariz dele.

— Você tá mentindo e você sabe disso. O seu compromisso não é com os alunos, mas com os seus amigos, e esse não é o papel do presidente do grêmio de uma escola.

Ele a encarou, sério e em silêncio. Então, Paula se virou e saiu da quadra com passos lentos e firmes. Ela estava visivelmente indignada.

RAIVA TAMBÉM FAZ CHORAR

Amora e Thaís trocaram olhares arregalados e saíram sorrateiramente da quadra, indo em direção à cantina. O intervalo já tinha começado e o pátio estava cheio e barulhento. As duas tentaram encontrar Paula, mas não conseguiram.

— Será que ela vai chorar de novo? — Thaís falou baixinho.

Paula era a capitã do time de futebol feminino, uma liderança nata, a pessoa que sempre tinha visão de jogo. Estrategista, pensava rápido e tomava as melhores decisões. Era uma inspiração e tanto. Foi só depois da chegada dela que as meninas realmente viraram um time, e todas as jogadoras sabiam disso. Agora se orgulhavam de jogar bola na escola. No ano anterior, haviam participado pela primeira vez do campeonato do bairro, aquele que os meninos já tinham vencido várias vezes. Aquele dos troféus expostos na vitrine da sala do grêmio... pois é.

A participação delas nesse campeonato tinha sido marcada pela resistência. Os meninos do grêmio não queriam que elas participassem, falavam que o time feminino não ia chegar nem às semifinais e, por isso, não queriam nem pagar a inscrição. O dinheiro da inscrição saía do caixa do grêmio, um fundo que existia exatamente para isso, mas que nunca tinha sido aplicado para um time de garotas. Aí a Paula ficou indignada. Sentou com o grêmio para negociar, mobilizou a diretoria e até na reunião de pais e responsáveis ela se enfiou para exigir que o time feminino jogasse o campeonato, como o masculino já fazia havia anos. Só se falava naquele campeonato. E aí não teve jeito: o grêmio fez a inscrição e elas jogaram.

O que aconteceu foi que elas não só chegaram às semifinais como se classificaram para a grande final. O time era visto como "zebra", porque ninguém esperava que elas fossem tão bem. A Paula ficou bem chateada com isso, porque, para ela, não era surpresa nenhuma. Ela acreditava no potencial do time e o que mais queria era ganhar. Ponto.

A final foi supertensa. O jogo terminou empatado e foi para a prorrogação. Paula estava muito focada e empenhada, tanto que, num lance cruzado, torceu o tornozelo e se machucou feio. Foi quando ela chorou. E todo mundo viu. Até hoje ninguém fala que ela rompeu os ligamentos e ficou de muleta quase um mês, só falam que ela chorou.

A Paula odeia esse assunto, odeia chorar e odeia mais ainda quando é na frente das pessoas. Naquele dia, o time ainda perdeu, e ela nem estava lá, porque foi direto para o hospital. Depois disso, ela prometeu que nunca mais ia chorar e prometeu também que elas iam treinar toda semana. Não queria nem chorar nem perder. Nunca mais.

UMA BOA DOSE DE AMIGAS

Da promessa de "nem chorar nem perder", uma coisa podia levar à outra, e vice-versa. Paula estava sentada no fundo da cantina, na salinha de café no final do corredor, sozinha. Estava de costas para a porta com a cabeça baixa e as mãos no rosto. Thaís e Amora se aproximaram em silêncio e sentaram ao lado dela.

— O bom de chorar escondido no fundo da cantina é que pelo menos o cheiro é bom — ela disse, entre lágrimas, tentando fazer uma piada.

Thaís e Amora se olharam e sorriram.

— Seja bem-vinda, Amora. Aqui na escola a gente passa muita raiva com os caras do grêmio. A disputa pela quadra é tipo acordo de paz. Todo mundo se odeia, mas ninguém se agride de verdade, apesar da vontade — ela disse.

— Bom, eu vi mesmo. E você arrasou muito. Da arquibancada, dava pra ver que o Bruno ficou mexido com o que você falou — Amora respondeu, e Thaís riu, concordando.

Guta e Jaque, que completavam o quinteto, chegaram nesse momento. Definitivamente a sala do café era o ponto de encontro das garotas do sétimo ano A. As cinco ficaram ali escutando enquanto Paula desabafava.

— É inacreditável! Depois de tudo o que aconteceu no campeonato, o Bruno deixou os meninos invadirem a quadra de novo, e hoje era nosso dia, tava marcado — ela esbravejou. — E pra gente é mais um dia sem treinar. Eu tô muito brava. Assim a gente vai perder de novo… — Ela falava tão rápido que era realmente um talento conseguir pensar e falar naquela velocidade enquanto chorava.

"E aí, o que acontece?", ela continuou. "A gente perde porque não treina. O time masculino sempre ganha porque sempre treina, até quando não tem competição."

As outras garotas, sentadas em volta dela, se olhavam, todas de acordo com o que a amiga dizia.

— Olha, eu não sei e não quero saber — Paula seguiu falando. — Não dá pra gente não poder treinar. Isso é um absurdo, e eu tô exausta dessa história de que só os meninos jogam, de que menina não gosta de bola, de que a quadra é deles. Que saco!

Silêncio na sala; ninguém sabia exatamente o que dizer. Paula estava tão furiosa que as demais acharam melhor só ouvir mesmo. Para as amigas, vê-la chorando gerava um incômodo, porque a garota era braba, forte, durona, corajosa. Ao mesmo tempo, ela se mostrava ainda mais braba, forte, durona e corajosa exatamente por chorar. Afinal, o que não faltava por aí era garoto se fazendo de herói, mas sem nenhuma valentia pra chorar.

Paula continuou seu desabafo:

— Vocês sabem como eu O-DEI-O chorar. E olha o que eu virei? Uma especialista em choro. — Todas riram e Paula prosseguiu. — Minhas amigas até já sabem onde me encontrar em caso de crise — ela disse, meio indignada, meio soluçando, meio rindo de si mesma.

— Eu acho que sei do que você precisa agora — Jaque falou, sempre sensível, já se levantando. — Vamos fazer aquele tchu-tchu de abraço coletivoooo!

De um salto, todas se levantaram e abraçaram a Paula, que só chorou mais ainda. O abraço é, sem dúvida, o lugar mais seguro para chorar sem julgamentos. Amora, recém-chegada, não entendeu exatamente a história do "tchu-tchu", que era uma piada interna delas. Então ficou ali só fazendo parte daquele amassa-amassa reconfortante entre amigas.

— Definitivamente, abraço faz a gente chorar ainda mais — Paula disse, chorando e rindo ao mesmo tempo.

— Então... eu acho que tenho uma proposta — falou Amora, um pouco tímida, quando Paula parecia estar mais calma.

Elas pausaram o abraço e olharam para a novata.

— Eu acho que indignação pede ação — Amora disse, fazendo uma pausa para respirar. — Então, se o seu choro é de raiva, Paula, acho que a gente tem que fazer alguma coisa. Hoje vi uns panfletos com todas as iniciativas que estão rolando aqui na escola... E uma delas falava que vai ter eleições para o grêmio daqui a quinze dias.

— Sim... é isso mesmo — Paula respondeu, curiosa para saber aonde aquela conversa ia chegar.

— Bom, aí tô pensando que, talvez, a melhor solução pra sua raiva seja a gente concorrer, lançando uma chapa. Se a gente ganhar, quem vai decidir sobre a quadra não vai mais ser o Bruno, mas todas nós. Já imaginou?

UM BOM CONSELHEIRO CHAMADO PEDRO

Quando o sinal tocou, as garotas do sétimo A estavam prontas para sair, com as mochilas nas costas, coisa que JAMAIS acontecia. Normalmente, elas não tinham pressa para ir embora nem ficavam tão ansiosas. Mas aquele era um dia atípico. Depois que a Amora lançou aquela ideia mais ou menos maluca, o grupo decidiu conversar com o Pedro, irmão da Guta, que já tinha sido do grêmio de outra escola. Queriam saber a opinião dele sobre o assunto. Assim, combinaram de almoçar na casa da Guta e passar a tarde por lá.

Havia também um certo nervosismo, porque o Pedro era mais velho e superdescolado e estiloso. Ele usava umas roupas coloridas, tinha os cabelos encaracolados e uma voz rouca bonita. E, bom, meninos mais velhos e legais eram uma raridade, por isso elas não tinham muita prática nessa área. Mas como ele era o irmão da Guta, isso já dava uma certa tranquilidade.

Quando enfim chegaram, Amora, que estava lá pela primeira vez, achou aquela a casa mais colorida do mundo. As janelas grandes deixavam tudo iluminado e vivo, e logo na entrada dava para sentir uma atmosfera de frescor. Bem na porta, um gatinho simpático se enrolava nas pernas das visitas, dando boas-vindas.

— Entrem! Vocês já são de casa. Amora, esse aqui é o Batata, que é gato, mas se comporta como cachorro — disse Guta.

Amora ia fazer um comentário, mas Guta logo tirou os sapatos e entrou em casa. As outras fizeram o mesmo. Jaque pegou o gato no colo e seguiu com as amigas para a cozinha. Lá estavam a Eliane, mãe da Guta, artista e responsável pela casa toda colorida, e Pedro, o tal garoto que supostamente entendia de grêmio estudantil. Os dois estavam sentados à mesa, com um almoço quentinho e pronto para ser devorado.

— Eu falei que vinha a turma toda, Pedro. As meninas querem falar com você — Eliane disse, pondo a jarra de suco na mesa.

— Oi, mãe, oi, mano — Guta cumprimentou, já se sentando.

— Oi, meninas! — disse Eliane. Você deve ser a Amora — completou, sorrindo para a novata. — Seja bem-vinda! Bom, fiquem à vontade, sirvam-se — ela disse, dando beijinhos na cabeça das garotas.

Pedro foi bem objetivo:

— Bom, garotas, eu vou almoçar rápido e já vou sair, então comecem logo o interrogatório — ele falou animado, com uma garfada de comida na boca.

Quase dava para ouvir o suspiro das visitas, meio tímidas com a presença dele.

— Então, tá — começou Guta com a boca cheia, nada tímida para falar com o próprio irmão. — É o seguinte: os meninos do grêmio não deixam o time feminino treinar e a gente acha isso uma palhaçada. Aí a Amora viu que as eleições para o grêmio estão chegando. Então ela deu a ideia de a gente se candidatar, porque, se ganharmos, nós é que vamos decidir as regras da quadra. Ou seja, vamos poder fazer do jeito que é realmente justo. E como você já foi do grêmio, viemos aqui falar com você, pegar umas dicas e tudo o mais.

— Uau, Gu, que legal que vocês querem se candidatar. O que vocês querem saber, exatamente? — Pedro perguntou.

— Então… é que a escola nunca teve uma chapa de garotas antes. Acho que nem sabemos direito se estamos nos candidatando porque queremos ou pra provar que conseguimos — respondeu Thaís, pensativa.

Amora entrou na conversa:

— Olha, eu também não sei. Mas assim, eu acabei de chegar na escola e queria muito que as regras tivessem mais a ver comigo, com a gente. Não é só a questão da quadra que é só para os meninos… as meninas me contaram que ninguém gosta das músicas que tocam no intervalo, que o cardápio da cantina tem poucas opções sem carne… e, sei lá… tem tanta coisa legal pra propor. Tipo uma campanha de troca de objetos pra incentivar o consumo consciente. Tava rolando isso na minha antiga escola e achei bem massa…

Enquanto a conversa continuava, todas iam se servindo e comendo. Pedro seguia atento.

— Acho que isso já é argumento suficiente pra vocês fazerem a chapa — ele disse. — Agora é começar. Vocês só precisam se organizar, fazer a inscrição e preparar a campanha. É só o grêmio da escola, vai... nem é tão importante...

Então a Paula falou, meio indignada:

— Como assim, não é importante? São os mesmos de sempre que estão lá. E eles só ficam mais populares, mesmo faltando nas aulas e fazendo só o que querem.

— O.k., você tá certa. O grêmio tem responsabilidades e é um jeito de conseguir coisas importantes. Acho que vocês têm razão. Mas eu não estou entendendo uma coisa: qual o medo de vocês? Por que vocês precisam de tantos motivos pra se candidatar? Por que não se candidatam e pronto?

Silêncio na cozinha. Thaís puxou o ar como se estivesse tomando coragem para falar.

— Pra ser bem sincera, como a gente vai chamar atenção por ser a primeira chapa só de meninas, tenho medo de perder e passar vergonha e depois todo mundo ficar rindo da gente — ela falou, meio sem graça.

Em seguida, as outras disseram ao mesmo tempo:

— Eu também.

— É por aí...

— Pois é... meio isso.

A resposta à pergunta do Pedro foi quase uma confissão coletiva.

— Bom, se o motivo é esse, acho que a decisão é bem clara: vocês precisam se candidatar. Onde já se viu cinco garotas com medo de perder? Vocês estão com medo do que as pessoas vão pensar de vocês? A vida acontece, gente, vocês querendo ou não. A escolha é se vocês vão se divertir ou não. Se acreditam nas coisas pelas quais vão lutar, então, coragem! Sigam em frente juntas. Eu tenho um amigo que diz que só erra pênalti quem bate. Vocês sempre vão precisar se arriscar um pouco e fazer coisas diferentes, se realmente quiserem estar em lugares diferentes.

E assim, a refeição seguiu.

O almoço tinha terminado, mas o silêncio continuou até a sobremesa. A dúvida estava no ar. Até que a Paula disse, convicta:

— Eu quero bater esse pênalti, eu quero me arriscar.

Amora completou:

— Né? Se não a gente, quem? Se não agora, quando? Mas ó, eu só topo se todo mundo for.

— Bora, então! Já tô com frio na barriga só de pensar, imagina quando a gente começar mesmo? — disse Guta, animadíssima.

— Bom, é… eu não sei, gente — respondeu Jaque, titubeando.

— Ai, gente, eu até quero, topo, mas não sei o que vão achar disso lá em casa… — completou Thaís, que conhecia muito bem os pais que tinha.

Então Pedro falou, saindo e tirando seu prato da mesa:

— Bom, garotas, eu desejo coragem. Acho que vocês podem fazer uma campanha bem divertida e podem se surpreender. É muito legal fazer campanha, acho que vocês vão adorar. Mas é isso aí, eu vou nessa. Se precisarem de mais alguma coisa, a Guta me fala depois. Falou, valeu. Mas ó, se eu pudesse decidir por vocês: concorram.

As garotas ficaram em silêncio novamente, enquanto Pedro saía.

— Olha, gente, não consigo decidir agora, desse jeito. Mas tô pensando e tô bem a fim, muito mesmo. Então tive uma ideia. O que vocês acham de a gente perguntar em casa primeiro? Hoje à tarde, a gente lê mais sobre as etapas da campanha, conta pras nossas famílias à noite e decide amanhã cedo na escola. O que acham? — sugeriu Jaque.

— Acho que pode ser uma boa, mas não sei o que meus pais vão achar… — murmurou Thaís.

Então a Eliane, mãe da Guta, que tinha passado o almoço inteiro dando comida, escondida de algum fiscal imaginário, para o Batata debaixo da mesa, encerrou a conversa:

— Aqui em casa eu já digo logo: contem comigo pra ganhar essa eleição!

NA CASA DA PAULA

Fim do dia. Depois de passar a tarde na casa da Guta, Paula chegou rápido na sua, pois morava a poucas quadras da amiga. Foi direto tirar as chuteiras e seguiu para a lavanderia. Deixou o uniforme do treino no cesto de roupas sujas, como sempre fazia. Passou no banheiro, lavou as mãos e foi para a cozinha.

Lá estavam sua avó Eva, superlegal, e seu irmão Eduardo, médio legal. Os dois discutiam um lance duvidoso do jogo do último final de semana. A mesa estava posta para o jantar e tudo parecia delicioso. Paula se sentou, prestando atenção à conversa, e se serviu de uma salada enorme de alface, rúcula e palmito. Depois, partiu para a enorme travessa de macarronada com molho vermelho, que parecia bem apetitosa.

Com toda a discussão sobre um lance em que o juiz tinha dado pênalti — e que se dividia entre ter sido marcado corretamente e não ter passado de uma ilusão de ótica —, a cozinha parecia mais uma reunião de maritacas. Então, a Paula interrompeu o falatório e disse, quase gritando, com seu tom de voz mais alto:

— Eu tenho uma novidade!

— Tá namorando! — gritou o irmão, rindo, quando a discussão sobre o jogo cessou. — Diz aí, o Bruno aceitou? — completou o caçula, gargalhando.

— Deixa eu falaaaaar! — Paula conseguiu um pouquinho de silêncio e emendou: — Eu e as minhas amigas estamos pensando em montar uma chapa e concorrer às eleições do grêmio. E eu NÃO estou brincando — acrescentou logo, mudando o tom de voz.

— Ai, sério?! Grêmio? Achei que era alguma coisa legal… — ele disse, fingindo decepção.

— Deixa disso, menino — disse a avó, olhando feio para Eduardo. — Imagina que maravilhoso que vai ser a nossa Paulinha gremista! Que orgulho da minha neta! E conta, de onde veio essa ideia?

— Pois então — respondeu Paula, entre uma garfada e outra. — Chegou uma aluna nova na turma, a Amora. A ideia foi dela, depois que o Bruno não deixou a gente usar a quadra de novo. No começo a gente achou loucura, as meninas ficaram com um pouco de medo… mas, se depender de mim, o grêmio é nosso! — ela terminou, animadíssima, enquanto a avó acompanhava a vibração e o irmão revirava os olhos.

— Olha, que jantar ótimo hoje, viu? Eu fico aqui só morrendo de orgulho de vocês, que são o puro suco da coragem. Por mais meninas no grêmio! — desejou a avó com voz forte, levantando o copo e puxando um brinde.

— Tim-tim, tim-tim!

Para Paula, o molho do macarrão era à base de adrenalina. A cada bocada, ela sentia mais entusiasmo, mais certeza de que queria concorrer. Algo dentro dela dizia que estava pronta. Sua animação era tanta que ela quase esqueceu que nem todas as amigas tinham se decidido. Para Jaque e Thaís não seria tão fácil falar em casa.

NA CASA DA AMORA

A irmã mais velha da Amora chegou para buscá-la na casa da Guta. Juliana era uma garota alta, que curtia vestir preto, usar óculos escuros redondos e andar por aí sem nenhum sinal de sorriso no rosto. Ela não parecia muito interessada em nada, bem o oposto da irmã. Juliana acenou para Amora e, depois que a caçula se despediu das amigas, as duas foram embora. Caminhando lado a lado, elas foram até o final da rua, em direção ao ponto de ônibus.

O sol já estava se pondo. Amora pôs os fones para ouvir música enquanto esperavam. Ela estava imersa em seus próprios pensamentos, se perguntando o que estava por vir... a organização da chapa, a campanha, o grêmio.

"E pensar que eu estava morrendo de medo da escola nova... agora eu já tenho quatro amigas e um plano infalível", ela pensou, sorrindo.

O ônibus chegou lotado e elas ficaram em pé, mas o trânsito até que estava tranquilo. Elas chegaram em casa e foram recebidas por um simpático e preguiçoso vira-lata caramelo, o Pirralho. Amora seguiu para o quarto e gritou:

— Ô de caaasa!

Bateu a porta do quarto, jogou a mochila para um lado, os tênis para o outro, se deixou cair na cama, deu uma boa espreguiçada e pegou seu diário na mesinha de cabeceira. Começou a escrever falando em voz alta, como se ditasse cada palavra para si mesma.

— Hoje o dia foi IN-CRÍ-VEL. Nem sei por onde começar, mas estamos chegando cada vez mais perto de decidir que vamos ser candidatas ao grêmio. Esses últimos dias têm sido uma montanha-russa, morro de saudades das meninas da outra escola; agora só vou poder encontrar com elas nos finais de semana. Hoje foi o primeiro dia na escola nova e fiquei meio sem graça, apesar de as meninas serem muito legais, engraçadas e divertidas... Mas sei lá, ainda nem decorei o nome de todo mundo da minha sala direito, nem dos professores. Também vou tentar prestar mais atenção nas aulas, não quero tirar notas ruins só porque mudei de escola, mas às vezes acho as matérias tão diferentes e fico...

Amora foi interrompida por Adriane, sua madrasta, que deu três batidinhas e abriu a porta do quarto.

— Oiê, como foi a aula hoje? — ela perguntou, de pijama e cabelo bagunçado.

— Ah, foi boa, tudo certo. Na verdade, foi ótima — disse a garota, fechando o diário e se levantando, animada, para ir com a madrasta até a sala.

— Quero saber tudo! — Adriane respondeu, curiosa.

— Lembra aquele panfleto do grêmio que recebemos quando me matriculei? — ela perguntou e já respondeu. — Pois é, acho que vamos participar das eleições, vamos concorrer com uma chapa!

Seu pai, Tiago, estava cochilando no sofá com o bebê Chico no colo, que também dormia um sono profundo depois de uma bela mamada. A madrasta abaixou o tom de voz, que minguou até virar um sussurro, para não acordá-los:

— Que máximo! Acho que vai ser superdivertido. Imagina só, você mal chegou na escola e já é uma líder; é pra morrer de orgulho!

Amora foi para a cozinha, percebendo a situação: pelo visto não ia ter jantar, o cansaço era palpável e qualquer coisa que ameaçasse interromper o sono do Chico estava fora de cogitação. A prioridade era ter uma noite de paz.

— Querida, tudo bem se você me contar tudinho amanhã? Mais uma noite sem dormir e eu enlouqueço — completou a mãe de primeira viagem, vendo a cria dormir.

— Sim, sim, claro! — respondeu a garota, disfarçando o desânimo, enquanto se servia de cereal silenciosamente.

Bastou ela se sentar para comer que a irmã mais velha se aproximou com seu sarcasmo.

— Hum! Pelo visto, o chef caprichou hoje. Cereal para o jantar? — comentou Juliana, ironizando a escolha da irmã.

— Pega leve, vai, Ju, pelo menos o Chico está dormindo. — respondeu Amora, sussurrando para que a madrasta, que organizava os brinquedos na sala, não ouvisse.

— Ah não, eu me recuso. E pode parar de normalizar esse absurdo, não tem nem comida em casa e você fica fazendo a boazinha compreensiva. Me engana que eu gosto, Amora. Bom, quer saber, deixa pra lá, se for pra comer isso, eu prefiro nem jantar. Vou para o meu quarto. Tchau. — Ela deu de ombros e saiu dramaticamente. Uma cena um tanto corriqueira na família: exagero e jejum, uma combinação pertinente para a primogênita adolescente.

NA CASA DA JAQUE

O barulho da van era inconfundível, e Jaque já estava pronta quando o pai chegou para buscá-la. Mal chegou ao apartamento, ela começou a falar sem parar, contando para os pais tudo o que tinha acontecido: a injustiça na quadra, a frustração da Paula, a indignação de todas e, é claro, a ideia da Amora. Eles ouviram atentos cada detalhe. Quando ela terminou, ficaram os três ali, pensativos.

— Filha, acho que tudo o que você contou é realmente injusto e errado. Mas fiquei pensando uma coisa: não é sempre que você vai poder se candidatar quando uma liderança não te representar. Então, fico com um pouco de medo de você se expor dessa forma — falou o pai Antônio, preocupado.

— Eu não sei se concordo — disse o pai Paulo, ainda pensativo. Mas Antônio continuou falando com energia.

— Tem outra coisa: nada disso tem a ver com você. Você não faz parte do time, aliás, você nem gosta de jogar nada. Também nunca ligou muito para o grêmio, acho que é a primeira vez que você fala dele, inclusive. Para ser sincero, eu tinha até esquecido que a escola tinha grêmio.

— É que eu achei que podia ser divertido. Nunca nem pensei em fazer parte de uma chapa, sabe? Imagina só virar gremista? — falou Jaque, tímida, mas animada.

Silêncio de novo.

— Olha, filha, eu acho muito bonito você querer fazer justiça. Eu queria ter essa coragem de concorrer às eleições. Assim como você, não acho certa a situação em que a nossa sociedade está. E eu sei que nem sempre esses problemas são diretamente relacionados a mim, sabe. Mas, poxa, todos nós fazemos parte, então todos deveriam mesmo concorrer e se envolver mais — disse Paulo.

— Ah, pronto. Lá vai seu pai virar síndico de novo — disse Antônio, fazendo todos rirem.

Então, Paulo deu sua opinião final:

— Um dia eu ouvi que, quando você é jovem, acha que pode mudar o mundo, e pode mesmo. Então, vai, filha. Concorre, aprende, se diverte e, claro, vê se ganha. Aí quem sabe eu volto a ser síndico e, daqui a dois anos, concorro a vereador. Já adianto que vou precisar do apoio de vocês, hein?

E o papo, que estava um pouco tenso, acabou com boas risadas. Antônio concluiu:

— O.k.! Já entendi a mensagem. E concordo: concorra, filha. Só queria expor minhas opiniões... eu tenho medo de essas eleições serem muito disputadas. Como você bem disse, são sempre os mesmos meninos que ganham. Talvez eles não saibam perder. Temo que você se frustre e fique triste, como naquela vez em que você perdeu o campeonato de xadrez. Perder faz parte, e a derrota não pode vir junto com desistência. Já conversamos sobre isso e, por mim, não quero que você pare de jogar xadrez nunca. E acho que não é diferente nessas eleições do grêmio. Se você perder, não quero que você se afaste da escola só por causa disso. E você sabe: quando a gente vira pai, quer proteger mesmo.

— Pai, eu não vou fazer igual no xadrez nunca mais. Já aprendi que, pra alguém ganhar, alguém tem que perder. Eu quis desistir do xadrez pra sempre, mas isso já faz dois anos — respondeu Jaque com convicção.

— É isso, filha. Perder é ruim mesmo e é normal a gente chorar e ficar triste — disseram os dois pais, quase juntos.

Jaque sorriu. Ela ficou eufórica só de imaginar tudo o que estava por vir.

"Que A-NI-MAL!", ela pensou, animadíssima.

NA CASA DA THAÍS

A mãe da Thaís encostou o carro e deu dois toquinhos na buzina. A menina calçou os sapatos, pegou a mochila e foi em direção ao carro. Guta, a mãe e o gato espiavam pela janela, torcendo para que os pais da amiga estivessem de bom humor. Até o gato sabia que o maior desafio seria com eles.

Thaís estava muito receosa da reação que eles poderiam ter. Mesmo sendo a melhor aluna, a mais estudiosa e tudo o mais, fazer algo sem o apoio dos pais devia ser bem desafiador, para não dizer impensável.

Ela entrou no carro fingindo normalidade e contando brevemente como tinha sido a escola, sem se aprofundar muito. Ela e a mãe chegaram em casa só depois de muito tempo no trânsito. O pai estava na cozinha pondo a mesa. As duas lavaram as mãos e se sentaram. O cardápio, como sempre, era sopa.

— Como foi a aula hoje, filha? E lá na casa da Guta, tudo certo? Foi legal? — perguntou o pai.

— Ah, então... — começou Thaís, medindo as palavras. — Fomos na casa dela hoje porque estamos nos organizando pra um projeto...

— Um projeto da escola, filha? — perguntou a mãe, já curiosa.

— É... quer dizer, sim, mas não exatamente...

Os pais de Thaís pararam suas colheres cheias de sopa no ar e juntos fizeram:

— Hummm?

— Nós estávamos pensando, assim, considerando, se, talvez, sei lá, não seria uma boa ideia, quem sabe, concorrer ao grêmio estudantil. Tipo, fazer uma chapa com as minhas amigas e participar das eleições... — Thaís nunca tinha se esforçado tanto para falar com a naturalidade de quem propõe algo banal como ir ao clube num final de semana ensolarado.

— Concorrer ao grêmio estudantil? Mas isso é de qual matéria? Vale nota? — indagou o pai.

— Bom, então... não. Não é de nenhuma matéria e, assim, não vale nota. Quer dizer, acho que não. Mas eu nem tinha pensado nisso. Seria uma atividade extracurricular, tipo pra além das aulas mesmo.

A mãe depôs o talher e assumiu uma postura firme:

— Ah, Thaís, de jeito nenhum. Sabe o que vai acontecer? Eu vou te dizer o que vai acontecer: você vai perder tempo, enquanto poderia estar estudando para as olimpíadas de matemática do próximo semestre. Aliás, eu estava até pensando que você poderia ser assistente de classe e ajudar sua professora a fazer exercícios mais difíceis. Às vezes acho sua escola fácil demais, te falta desafio.

— Mas, mãe, como assim assistente de classe? Isso nem existe, e eu já sou a representante da turma — ela disse, levemente indignada.

— Eu sei, filha, mas você sempre pode ser mais ativa, sabe? Para ir além, você pode dar ideias de tarefas e atividades para a professora — falou a mãe sem pestanejar.

— Mas, mãe, eu já sou a melhor aluna da escola. Todos os últimos troféus das olimpíadas de matemática foram meus. A média das minhas notas é 9,8.

— Filha, mas é exatamente por isso que você precisa manter o foco. Não queremos que você se torne uma aluna mediana, não é mesmo? — falou o pai.

— Não, pai, não queremos — suspirou Thaís e seguiu argumentando. — Mas é que eu queria muito, muito concorrer junto com as minhas amigas.

— Mais um motivo, Thaís. Você quer fazer isso só porque as suas amigas vão fazer? Essa razão é péssima, você não pode ser uma "Maria vai com as outras". — Agora o tom da mãe era de indignação e ironia.

— Não, mãe. Eu quero ir porque nós pensamos nisso juntas, porque eu também queria fazer uma coisa diferente. E eu acho que poderia fazer justamente por ser uma aluna exemplar. — Thaís começou a ficar com raiva enquanto buscava argumentos. — Eu sou uma boa filha, eu me comporto, eu faço tudo certo, sabe? Eu nunca vou poder fazer uma coisa só porque quero? Uma coisa que eu escolha? Tudo tem que ser uma questão de notas?

— Olha o tom, mocinha... Se a sua mãe falou que não, então é não e pronto — interveio o pai naquele tom de "conversa encerrada".

Com os olhos marejados, Thaís passou o resto do jantar em silêncio. Tomou sua sopa, lavou a louça e foi para o quarto, pensando que as meninas poderiam fazer a chapa sem ela ou até chamar uma menina de outra turma para o lugar dela. Já estava de pijama, deitada na cama, quando seus pais passaram para dar boa-noite.

— Filha, você vai ver, logo você esquece essa história de grêmio estudantil e tudo volta a ser como sempre foi — disse a mãe, realmente achando que esse argumento poderia acalmar Thaís.

— Eu nunca peço nada, mãe, nada. E mesmo fazendo tudo certo, a única vez que eu peço é "não". É muito injusto isso.

Foi só começar a falar para seus olhos se encherem de lágrimas de novo.

— Filha, vamos terminar essa conversa amanhã. Agora é hora de você descansar, amanhã é outro dia — sugeriu o pai para mudar de assunto.

— Eu só queria que vocês soubessem que isso é muito importante pra mim. Eu quero muito fazer parte do grêmio com as minhas amigas.

— Nós já entendemos, filha, agora vamos dormir. Boa noite. — A mãe deu um beijo na testa da garota, meio impaciente.

— Boa noite, filha — disse o pai ao fechar a porta.

Thaís chorou baixinho até adormecer.

SEM ELES SABEREM...

No dia seguinte, Thaís acordou com o rosto inchado e os olhos ainda vermelhos. Ela se arrumou e tomou café com os pais, mas não queria conversar. Depois, pegou a mochila e foi para o carro com a mãe.

No caminho, ainda fez mais uma tentativa:

— Mãe, por favor, eu nunca peço nada. Eu quero muito fazer parte do grêmio, o que tem de mais? As minhas notas não vão cair, eu juro. Eu imploro — disse a menina, já chorando de novo.

— Filha, você não entendeu, eu não quero que as suas notas fiquem como estão, eu quero que elas subam ainda mais, esse é o ponto. Essa história de grêmio logo agora é só pra tirar seu foco.

— Mãe, por favor! — ela suplicou, com o rosto molhado, cheio de lágrimas. Essa era sua última tentativa.

— Thaís, minha decisão está tomada. "Não" é não.

Elas seguiram em silêncio até a porta da escola.

— Boa aula, filha — disse a mãe, tentando melhorar a situação.

Thaís desceu do carro e só resmungou qualquer coisa. Ela foi direto encontrar as amigas, bem perto da

porta da sala. Ainda não tinha batido o sinal, e todas já estavam ali conversando.

— E aí, como foi? — perguntou Guta, curiosa, enquanto comia uma maçã.

— Lá em casa, sucesso — disse Jaque, mega-animada, com um sorriso de orelha a orelha. — Inclusive meus pais provavelmente vão querer fazer campanha também.

— Na minha, foi tudo bem também — Paulinha abraçou a amiga.

— Na minha também — contou Amora.

Elas eram o puro creme do entusiasmo. Então, se voltaram para a Thaís, e a resposta estava na cara dela, literalmente.

— Bom, lá em casa foi péssimo. Minha mãe não deixou — ela esbravejou, cruzando os braços. — Eu sou a melhor aluna da sala, ganhei todas as olimpíadas de matemática, sou a queridinha da diretora, mas nada disso vale. Eu simplesmente não posso fazer o que eu quero. Que ódio!

— Eita, mas e agora? — perguntou Guta, trocando olhares assustados com as amigas e mordiscando os últimos cantinhos da maçã.

Thaís ficou em silêncio, ainda pensativa, até que disse:

— Agora? Agora vamos seguir com o nosso plano e vencer essas eleições. Se a minha mãe não quer deixar, eu vou participar assim mesmo. Cansei de fazer só o que os meus pais querem.

As meninas, de olhos arregalados, nunca tinham ouvido aquela rebeldia sair da boca da amiga. Era a primeira vez que a Thaís discordava de uma decisão de sua família, e mais: ela ia desobedecer e fazer escondido.

— Mas então é isso mesmo? Você vai desobedecer a sua mãe? — perguntou Paula, ainda chocada com o que tinha acabado de ouvir.

— Chame como quiser, mas ela não vai ficar sabendo. Quando souber, nós já vamos ter ganhado as eleições e não vai ter mais volta, aí o problema vai ser outro. Bora? Vamos ganhar essas eleições! — Thaís deu um sorrisinho provocativo.

As outras permaneciam MUITO surpresas. A garota era certinha demais para uma desobediência dessas. Aparentemente, para transformar a maior nerd da escola em uma contraventora, só mesmo com uma eleição para combater o patriarcado.

Quando tocou o sinal, lá se foram as cinco enfrentar mais uma rodada de aulas.

ESCOLHAS

No intervalo, as cinco amigas estavam tão animadas para organizar a chapa que nem foram para o pátio. Elas juntaram as cadeiras e passaram o intervalo ali mesmo, na sala.

— Bom, se vamos nos inscrever, nossa chapa precisa de um nome. Alguém pensou em alguma coisa? — perguntou Guta.

As garotas ficaram pensativas, até que Paula sugeriu uma primeira ideia.

— O que vocês acham de chapa "Rosa"? Como vai ser a primeira vez que uma chapa só de meninas concorre, pensei que seria bom algo bem direto ao ponto.

Silêncio. Ninguém se animou muito.

— E se nós fizéssemos uma homenagem a uma mulher que também foi pioneira na história? — sugeriu Thaís, enquanto procurava alguma coisa na mochila.

— Nossa, que ideia ótima! — respondeu Amora.

— Eu até já pesquisei algumas possibilidades, não faltam mulheres incríveis pra gente se inspirar. Vejam o que vocês acham... — Thaís começou a ler o papel que tinha tirado da mochila. — Aí vai a primeira ideia:

chapa "As Carlotas", em homenagem a Carlota Pereira de Queirós, médica, escritora e pedagoga, que foi a primeira deputada federal da história do Brasil. Eleita pelo estado de São Paulo em 1933, foi a primeira voz feminina no Congresso Nacional. Olha que incrível. O mandato dela foi em defesa das mulheres e das crianças. Ela trabalhou principalmente por melhorias educacionais e de saúde para as mulheres.

— Caraca, que massa. Acho que já tenho a minha preferida — anunciou Paula, animada.

— Parece uma boa, mesmo! Mas tem certeza de que foi só em 1933? Faz pouquíssimo tempo… — Guta comentou.

— Também estranhei quando li no site. Só que a história é pior ainda: aqui no Brasil as mulheres só conquistaram o direito ao voto um ano antes disso! Em 1932. — contou Thaís.

— Fala sério, que palhaçada! Só os homens governavam, só os homens votavam?! — disse Jaque, revoltada.

— Se alguma de vocês ainda não estava certa sobre a gente concorrer nas eleições da escola, tá aí mais um motivo para criarmos a nossa chapa! — Paula concluiu.
— Que outros nomes você pensou, Thaís?

— A outra ideia seria chapa "Filhas de Dandara", em homenagem à Dandara dos Palmares, símbolo de resistência contra a escravização. Ela participou de muitas lutas e conquistas do Quilombo dos Palmares, onde liderou as tropas contra a Coroa portuguesa junto com Zumbi, seu marido.

— Ai, meu deus, eu achei que tinha uma preferida... agora tenho duas. — Paula brincou.

— Outro nome bom seria chapa "Tapety", uma referência à primeira mulher trans eleita no Brasil. Foi em 1992, na cidade de Colônia do Piauí, que Kátia Tapety foi eleita vereadora, sendo a primeira transexual a ocupar um cargo político no país. Ela foi reeleita outras duas vezes para o mesmo cargo e se tornou vice-prefeita da cidade. Ela cresceu ouvindo o pai dizer que tinha vergonha dela, e acabou representando o povo de sua cidade.

— Nossa, que história incrível! — disse Jaque.

— E, por fim, chapa "Coração Valente". Esse foi o nome da campanha da Dilma Rousseff, a primeira mulher a ser presidenta do Brasil. Ela foi presa e torturada na ditadura civil-militar, toda a campanha dela usou fotos e referências dessa época. Falam que ela, mesmo tendo sido torturada várias vezes, nunca entregou nenhum dos seus amigos para os militares.

— Uau! — exclamou Paula. — Tá, amei todas.

— Olha, essa última... não sei, não. O nome é bom, eu acho até que é o meu preferido, mas escuto dizer lá em casa que ninguém gostava muito da Dilma. Sempre ouço meus pais falarem que ela foi uma presidenta muito ruim. Eles falam que ela era tão chata que sofreu até impeachment — disse Jaque.

— Eita, lá em casa meus pais falam que foi golpe — disse Amora.

— Bom, gostem dela ou não, ela foi a primeira presidenta do Brasil, se elegeu, e isso deve ser difícil pra caramba. — ponderou Thaís.

— Sim, e ela vai ser a primeira pra sempre — completou Amora.

— Uma coisa que eu acho que a gente vai aprender nessa campanha é que muitos podem não gostar da gente, vão achar que não somos aptas a ocupar o grêmio, que não somos fortes e espertas o bastante. Como deve ter sido com a Carlota, a Dandara, a Kátia e a Dilma. E mesmo assim, vamos precisar seguir em frente. E isso pode dar certo ou não — disse Thaís.

O quinteto ficou em silêncio por um tempo. Eram muitas informações para absorver... As histórias de vida dessas pessoas eram tão diversas, como escolher uma?

— Sim, precisamos seguir em frente e vamos seguir em frente! — disse Jaque, motivando o grupo. — Só falta decidir o nome...

— Eu voto em chapa "As Carlotas"! — disse Amora. — É muito difícil escolher. De um jeito ou de outro, estamos aqui hoje por causa de todas elas. Mas como o assunto é eleição e escola, acho que tem que ser a Carlota. Não era ela que lutava pela educação?

— Era, sim, educação e saúde. Eu tô com a Amora! — disse Thaís.

— Eu voto nessa também — emendou Guta.

— Então, fechou! — disse Paula.

— Boa, temos um nome! — declarou Jaque, com um sorriso no rosto.

E assim nasceu a chapa "As Carlotas".

ESTÁ CHEGANDO A HORA

Os dias foram passando, e a expectativa das meninas só aumentava. Elas não falavam de outra coisa, só de campanha, chapa, grêmio e tal. E, apesar de todo o rebuliço na cabeça delas, as aulas continuavam normalmente. Isso mesmo, a rotina escolar seguia exatamente igual. Ou seja, quarta-feira tinha aula de geografia, como sempre: latitude, longitude, fuso horário…

Até que, nesse dia, alguém bateu à porta:

— Pode entrar! — disse Jorge, o professor de geografia.

— Bom dia, professor, vim dar um recado sobre as eleições do grêmio estudantil — pediu Bruno, o atual presidente. Sim, aquele da treta na quadra.

— Por favor, fique à vontade — respondeu Jorge. — Pessoal, um minutinho aqui, o presidente do grêmio tem um recado.

— Oi, gente, eu sou o Bruno, presidente do grêmio do sétimo ano B. Como vocês já devem ter visto nos cartazes espalhados pela escola, as eleições para o novo mandato do grêmio estão chegando. Então, vou relembrar as cinco regras básicas para quem quiser participar:

"As inscrições devem ser feitas na hora do intervalo, comigo, lá na sala do grêmio.

Cada chapa precisa ter um nome e as cores da campanha.

Cinco alunos que estejam atualmente estudando na escola devem compor a chapa, sendo um presidente, um vice-presidente e três secretários."

Paula disse baixinho apenas para as amigas:

— Ou cinco alunas. — Ela deu um sorriso maroto.

As amigas também sorriram. Bruno olhou na direção delas e continuou:

"Depois das inscrições, começa a campanha, que tem duração de uma semana, incluindo o debate um dia antes da votação.

No dia da votação, todos os alunos votam na hora do intervalo. O voto é secreto e individual. O resultado sai no final das aulas do mesmo dia.

Alguma dúvida?"

Paula levantou a mão, já emendando uma pergunta:

— Quando começam as inscrições? — perguntou a garota com segurança.

— Você tá pensando em se candidatar? — perguntou Bruno de volta, meio baixo, mas alto o suficiente para que a sala toda ouvisse.

— Seria um problema? — ela respondeu, provocando.

— Sim, não, é, quer dizer... Hum... hum... — gaguejou o garoto. — Claro que não é um problema. Qualquer pessoa que estude na escola pode participar. As inscrições são até sexta-feira agora.

Paula sorriu apenas com o cantinho da boca, olhando fixamente para o garoto, que ficou completamente sem jeito. Diego levantou a mão:

— A chapa pode ter alunos de turmas diferentes? Porque a minha chapa será só de vegetarianos e veganos, mas não tem o suficiente aqui na sala — perguntou o garoto, explicando sua situação.

— Sim, a chapa pode ter pessoas de turmas diferentes — respondeu Bruno.

— Mais alguma pergunta? — indagou o professor Jorge. Silêncio.

—Não? Então, muito obrigado, Bruno, preciso continuar minha aula. — Jorge educadamente dispensou o garoto.

Bruno agradeceu com um aceno de cabeça e saiu da sala. As meninas se entreolharam com as sobrancelhas levantadas e sorrisos maliciosos.

— Eles nem imaginam o que está por vir — sussurrou Amora para as amigas.

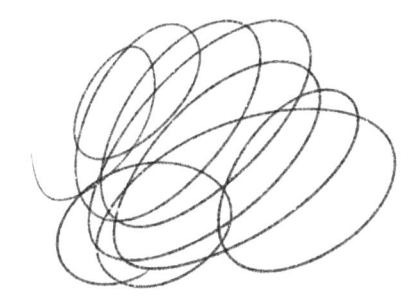

AS CARLOTAS NA ÁREA

Sexta-feira, dia crucial para o quinteto do sétimo ano A: dia de inscrição da chapa As Carlotas. Era a véspera do início da campanha. Mas como elas ainda precisavam definir pontos importantes, tinham combinado de chegar um tempo antes das aulas.

Guta, Thaís, Amora, Paula e Jaque, uma a uma, chegaram no horário combinado. Todas com cara de sono, mas disposição a mil.

— Vamos nessa, meninas! Precisamos definir qual será a cor da nossa chapa e quem fica em cada cargo — começou Amora, decidida.

— Gente, eu não queria que fosse rosa, porque acho muito óbvio — pediu Guta. — Certeza que todo mundo vai esperar isso da gente porque somos meninas. E eu acho isso um saco.

— Eu até acho que seria uma boa, só pra contrariar. Tipo assim, se é isso que esperam de nós, tudo certo, que sejamos rosa, mas isso não vai diminuir a gente — respondeu Amora.

— Ah, não, rosa, não, por favorrrr — reclamou Guta.

— Gente, pera! — interrompeu Thaís. — O que acham de verde e roxo? Pesquisei um pouco mais... Essas são as cores do primeiro movimento de mulheres que lutaram pra participar de uma eleição, as chamadas sufragistas. Elas criaram o primeiro grupo de mulheres no mundo que conquistou o direito de votarem e serem votadas numa eleição.

Thaís ainda tinha mais coisas para contar sobre as sufragistas:

— Elas lutavam pelo sufrágio universal, quer dizer, o direito ao voto para todos os cidadãos ou cidadãs adultos, independentemente de alfabetização, classe, renda ou gênero. Antigamente, só os homens podiam votar. Hoje parece uma maluquice que só homens brancos e ricos pudessem votar, né? Ainda bem que muita gente lutou, e hoje, em grande parte do mundo, todas as mulheres e todas as pessoas votam, além de poderem se candidatar e se eleger. Bom, e como eu falei, as cores do movimento eram o verde e o roxo.

— Uau, acho que gosto... verde e roxo? — repetiu Guta, pensativa, pegando alguns lápis de cor na mochila. — A inspiração é boa, hein? Posso testar?

Ela pegou uma folha de caderno e escreveu com letras bem caprichadas "Vote na chapa As Carlotas", em verde e roxo.

— Nossa, ficou lindo demais — disse a própria Guta em seguida.

— Siiiim! — concordou Jaque.

— Aiii, meu deus! Ficou maravilhoso! — comemorou Amora.

— Eu também amei! — exclamou Thaís.

— Guta, você arrasou demais. Pronto, acho que temos nosso primeiro cartaz! — disse Paula, animada.

— Que bom que vocês gostaram, dá pra fazer um montão de coisas com essas cores. A minha mãe vai amar ajudar a gente, inclusive. Ela pode dar umas ideias de cartazes e tal — concluiu Guta, com a maior cara de feliz.

— Nossa, ótima ideia! E se a gente fosse pra sua casa nesse final de semana pra trabalhar nisso, o que acha? — perguntou Jaque.

— Gente, calma, ainda falta uma coisa pra gente preencher... os cargos! Precisamos definir quem vai ser presidente, vice e secretárias da nossa chapa. Tô lendo aqui as instruções pra inscrever a candidatura — disse Thaís.

Elas voltaram a se concentrar.

— Ai, gente... eu acho isso uma bobagem, acho que não deveria existir uma hierarquia entre nós, sabe? Não é estranho, alguém que manda mais que as outras? — pontuou Jaque com um suspiro.

Thaís logo emendou:

— É verdade, a gente nem é assim. Imagina, uma de nós mandando nas outras?

— Sem chance — concordou Guta.

— O que vocês acham de a gente não se organizar dessa forma? Podemos criar uma chapa sem presidente nem vice; podemos ser todas igualmente diretoras. O que acham? — sugeriu Amora com um sorrisinho.

— Aff! Amei! — celebrou Jaque.

— Quando chegar a hora da inscrição, a gente preenche a nossa de outra forma — disse Paula.

— Fechado, então! — exclamou Guta.

— Bom, acho que acabamos aqui. Está tudo pronto pra nossa inscrição, meninas — concluiu Thaís. — E aí, que tal a ideia de criar os cartazes no final de semana?

— Bora lá pra casa? — convidou Guta, animada.

— Siiiim! — responderam juntas as outras quatro, empolgadíssimas.

— Vou avisar minha mãe, então. Domingo, depois do almoço, é só chegar. E, se der, levem umas comidinhas pro lanche, porque as tintas e os papéis eu já tenho lá em casa!

Fim de papo, as garotas entraram para a aula. Agora, era só aguardar o intervalo para fazer a inscrição. Já era quase oficial: as meninas iam concorrer ao grêmio!

É DADA A LARGADA!

Bateu o sinal e também o coração das cinco garotas. Elas se levantaram de um salto e seguiram apressadas pelos corredores, em direção à sala do grêmio. Uma ao lado da outra, cheias de energia e segurança.

Chegando lá, tudo estava muito calmo e silencioso. No fundo, havia apenas duas mesas com duas cadeiras. Em uma estava o Bruno, sentado com cara de tédio e, ao lado dele, a professora Isabela, concentrada, organizando alguns papéis. Assim que viu as meninas entrando, Bruno ajeitou a postura. Sua cara, que alguns segundos antes era de quase sono, agora era de perplexidade.

— O que vocês tão fazendo aqui? — ele perguntou, levantando as sobrancelhas.

— Oi, Bruno! Comigo tudo bem, e com você? — brincou Jaque em tom irônico.

Ele olhou para ela e retrucou, tentando assumir o mesmo tom de ironia.

— Por acaso foi alguma cartomante que falou pra vocês concorrerem ao grêmio, Jaque? — perguntou o garoto.

— Não, não foi isso, não! E a gente veio mesmo assim, você acredita? — respondeu Jaque, ainda irônica.

— Viemos inscrever nossa chapa pra concorrer ao grêmio. Acho que nem os astros aguentam mais esse mais do mesmo — avisou Paula.

A professora interveio:

— Calma lá, pessoal. Bom dia, meninas, é aqui mesmo. Eu e o Bruno estamos fazendo as inscrições, posso fazer a de vocês?

— Sim, profe — respondeu Guta, virando meio de costas para Bruno.

— Então, vamos lá. Nome da chapa? — perguntou a professora, pronta para preencher a ficha, enquanto Bruno espiava com atenção, apesar da cara de "tô nem aí".

— Nós somos a chapa "As Carlotas" — disse Paula, em alto e bom som.

— Ai, que lindo, adorei. Cores oficiais? — continuou a professora Isabela.

— Roxo e verde — disse Guta.

— Quem será a presidente da chapa? — A professora levantou os olhos do papel, esperando a resposta.

As garotas se olharam em silêncio, tentando decidir quem responderia.

— Então, profe... nós conversamos sobre isso e não queremos preencher essa parte. Na nossa chapa não vai ter presidente — disse Amora finalmente, meio insegura.

A professora olhava para elas, pensativa. Bruno continuava fingindo que não prestava atenção, mas, claro, ouvia tudo. Então, Thaís recorreu ao argumento que tinha planejado:

— Professora, eu pesquisei sobre grêmios estudantis, e realmente achamos que esse item não faz muito sentido. A própria chapa deve poder se organizar do jeito que quiser, seguindo o princípio da autonomia. A imposição dos cargos tira nossa liberdade de trabalhar da forma que acreditamos. Nosso grupo não se organiza assim. Por isso, decidimos que todas nós seremos igualmente diretoras. Tudo será decidido por consenso, na conversa mesmo, e, se não chegarmos a um acordo, por meio de votação.

Bruno, chocado, não conseguiu mais se segurar:

— Nossa, vocês estão viajando!

Mas, na real, a cara dele era de quem nunca tinha pensado nisso.

Depois de um minuto com a mão no queixo, refletindo, a professora respondeu:

— Realmente é um ótimo argumento, faz sentido. Não precisam preencher essa parte, então.

Com sorrisos largos, as garotas responderam juntas, parecia que tinham ensaiado:

— Obrigada, profe!

— De nada, queridas. Então vamos rever juntas os marcos de campanha, que começa na segunda? É o seguinte:

"1) Em relação a material, vocês podem espalhar cartazes pela escola. Também podem entregar panfletos para os alunos antes das aulas, durante o intervalo e depois que as aulas terminarem.

2) É proibido dar presentes ou prometer qualquer benefício para os eleitores, o que se configura como compra de voto.

3) No intervalo da próxima quinta-feira, teremos o debate.

4) Na próxima sexta-feira, durante o intervalo, acontece a votação, e em seguida a contagem de votos. O resultado será divulgado no final das aulas. Bom, ficou alguma dúvida?"

— Não, profe, obrigada, já estamos por dentro dos processos. Andei estudando o estatuto do grêmio essa semana — respondeu Thaís tranquilamente, abanando papéis que tinha acabado de tirar da mochila, como um mágico faz com o coelho da cartola.

— Então, tudo certo, vou pedir para que todas vocês assinem aqui embaixo — pediu a professora, cumprindo o protocolo da inscrição.

As meninas se enfileiraram para assinar, sabendo que agora não tinha mais volta: era real, elas estavam inscritas. Fazer uma maluquice daquelas juntas era gostoso demais. Daquele momento até o final da campanha, as meninas não iam parar de sentir borboletas dando cambalhotas no estômago.

— Obrigada a todas, aqui está o comprovante da inscrição. — A professora estendeu a mão para Thaís.

Elas agradeceram e foram em direção à porta. O plano mais inusitado de suas vidas acabara de deslanchar. Jaque controlava sua vontade de virar e mostrar a língua para o Bruno. Amora tinha vontade de sair dando pulinhos. Thaís caminhava firme e decidida. Paula queria abraçar todas, como fazia com o time. Guta só pensava em tudo o que tinha que fazer. Antes que saíssem da sala, a professora ainda gritou:

— Boa sorte, garotas! Adorei a iniciativa! Uma chapa só de meninas, que orgulho!

As meninas sorriram e seguiram para o restinho de intervalo.

A corrida eleitoral estava prestes a começar.

APRENDENDO A
FAZER CAMPANHA

A casa de Guta era, definitivamente, o lugar mais inspirador para criarem juntas tudo de que iriam precisar para a semana mais intensa de suas vidas. O plano incluía panfletos, cartazes e até uma bandeira. Também tinha o conteúdo digital: talvez vídeos e uns memes engraçados. Elas queriam ser muito criativas e também tornar a chapa As Carlotas popular. Mais que popular: um marco na história das campanhas para o grêmio da escola.

Claro que fazer uma coisa diferente não era fácil, mas seguir as ideias que os meninos sempre usavam estava completamente fora de cogitação. Então, elas se perguntavam: o que a chapa das garotas tinha que as outras não tinham?

Todas estavam cheias de ideias e prontas para colocá-las em prática. A sugestão de Amora era de que elas criassem uma narrativa.

— Bem, uma narrativa é a resposta que a gente vai dar pra esta pergunta: que história queremos contar com a nossa campanha? Quer dizer, pra fazer as alunas e os alunos sentirem alguma conexão com a nossa chapa, sabe? Primeiro, todo mundo precisa saber que nós existimos, depois, precisam gostar da gente. E só depois disso existe a chance de votarem na nossa chapa.

— Uma história... — Jaque ficou pensativa. — Tipo contar por que nós decidimos fazer a chapa?

Thaís convidou as outras a refletirem:

— Pode ser. Mas vamos pensar juntas... o que realmente importa pra maioria dos alunos? Nem sei se eles realmente se preocupam com a eleição do grêmio. Todo mundo reclama, mas nem lembra em quem votou nas últimas eleições... Uma vez ouvi minha mãe comentando com meu pai que a maioria dos adultos nunca lembra em quem votou nas eleições.

— Pois é, mas eu também fico pensando: as pessoas não se importam ou foram levadas a não se importar? — perguntou Paula. — Eu digo isso porque nunca faltam motivos para as meninas desistirem do time. Já é difícil conseguir garotas pra jogar. Quando finalmente conseguimos, os meninos ficam zombando da gente. No fim das contas, elas acabam desistindo.

— Sim, é supernormal, eu já vi isso acontecer, verdade — falou Jaque.

Ouvindo os comentários das outras, Amora disse:

— Será que a gente não devia mesmo contar essa história da quadra? Porque ela é parte disso que vocês estão falando.

— É... de repente poderia ser algo do tipo "quadra para todos"? — sugeriu Thaís. — Ou algo tipo "pelo fim do monopólio da quadra"?

— Aiiii, eu amei! Mas o que é monopólio mesmo? — perguntou Guta, com uma careta.

As garotas riram, e Amora respondeu:

— Monopólio é tipo uma coisa de um dono só. Nesse caso, a quadra é um monopólio dos garotos… e nós queremos que seja de todos. Mas tem também a cantina, que é o único restaurante da escola, um monopólio.

A mãe da Guta tinha separado cartolinas, tintas, canetas e outros materiais para que todas aquelas ideias fossem expressas das formas mais criativas. A tarde foi cheia de trabalho e gargalhadas. Às vezes elas achavam lindos os materiais que surgiam, às vezes nem tanto. Criaram perfis da chapa nas redes sociais e produziram diversos conteúdos digitais, tipo cards e vídeos. Mas como a Paula tinha uma prima chamada Júlia, que era a rainha dos memes, com vários seguidores, ia tentar convencê-la a ser voluntária na campanha.

Basicamente a produção foi se organizando em quatro tipos de materiais:

① PANFLETOS ② CARTAZES ③ BANDEIRAS ④ PEÇAS DIGITAIS

GAROTAS NO GRÊMIO — AS CARLOTAS → PROPOSTAS

⊕ INCLUSÃO ⊕ DIVERSIDADE #ASCARLOTAS → COLAR NAS PAREDES

BALANÇAR NA ENTRADA

VIRALIZAR NAS REDES

A chapa As Carlotas agora tinha uma cara mais concreta, real. Com isso, aumentava entre elas a ideia de que estavam prontas não só para concorrer, mas também para ganhar!

PRIMEIRO DIA
DE CAMPANHA

A segunda-feira chegou mais rápido do que elas imaginavam. E seria um dia diferente de tudo que já tinham vivido.

Jaque acordou um pouco nervosa, antes de o despertador tocar, e se esforçou bastante para seguir seu ritual da manhã normalmente: meditou e pôs seu amuleto da sorte no pescoço (um cristal transparente que decompõe a luz branca do sol, criando um arco-íris). Então, se vestiu de roxo e verde da cabeça aos pés, incluindo maquiagem e spray colorido para o cabelo, tudo combinando.

Com quarenta e cinco minutos de antecedência, estava prontíssima e feliz que seus pais tivessem topado agitar o início da campanha no portão de entrada da escola. O plano era chegar mais cedo, ligar o som (Thaís já tinha visto no regulamento que usar música na campanha era permitido), distribuir materiais e agitar bandeiras, tudo para divulgar a nova chapa antes de o sinal tocar.

Paula também acordou antes do toque do despertador. Bem antes, aliás, pois o sol ainda estava nascendo quando chegou à escola. Na noite anterior, tinha decidido que seria a primeira a chegar naquele dia tão especial. Como o portão dos alunos estava fechado, ela entrou pela porta dos professores e foi direto para a sala. Era a primeira vez que estava lá assim, sozinha. Havia um silêncio, o ar fresco da manhã e o tempo passando num ritmo diferente. Ela passou os olhos por todas as cadeiras, ansiosa. Logo mais aquele mesmo espaço, agora quieto, estaria cheio e barulhento.

A capitã do futebol feminino se sentou no lugar de sempre, deixou a mochila no pé da cadeira e, meio emocionada, deitou a cabeça sobre os braços cruzados na mesa, tentando descansar um pouco. Ela sentia que talvez não estivesse assim tão pronta para mais uma disputa: já bastava ter montado o time do zero, ouvir as piadinhas dos garotos nos treinos, disputar a quadra com eles... Exausta e até um pouco arrependida, Paula ainda se perguntava se realmente queria concorrer ao grêmio.

— Não sei se eu consigo... — ela disse em voz alta, para si mesma.

Para sua surpresa, porém, alguém respondeu.

— Eu acho que você consegue.

Ela levantou o rosto, assustada, e deu de cara com ninguém menos que o Bruno. "Nossa, ele também consegue acordar tão cedo assim?" foi a primeira coisa que lhe passou pela cabeça. O atual presidente do grêmio estava na porta da sala com a mochila nas costas. Parecia ter tido a mesma ideia que ela.

— O que você está fazendo aqui? — ela perguntou, secando os olhos úmidos de uma lágrima que acabara de cair e tentando recompor a pose de durona.

— Acho que a gente teve a mesma ideia. Não tava mais conseguindo dormir e decidi vir mais cedo pra escola. A eleição mal começou e eu já tô exausto. — Ele parecia estar sem jeito e cansado de verdade.

— Olha, você não precisa ser legal comigo, tá? Eu nunca participei de uma eleição antes e, como você deve saber, detesto perder, principalmente em público. Pronto, agora pode ir embora. — Paula estava com vergonha e sem paciência, queria só um pouco de paz. Era cedo demais para ter que aguentar seu principal concorrente.

Porém, em vez de sair, Bruno entrou na sala, sentou-se na cadeira mais próxima dela, deixou a mochila no chão e respirou fundo.

— Eu sei que não preciso ser legal com você, mas eu quero ser.

Paula deu uma olhada de canto, meio paralisada, sem saber o que fazer ou dizer com aquela novidade.

— Sei também que você é a craque do time, bate falta melhor que qualquer um e até dribla com as duas pernas, o que é o máximo. Acho que você não percebeu, mas eu adoro te ver treinar, assistir quando você joga e vibrar quando você faz gol. E tá, eu até admito que gosto de te provocar. Você pode não se importar muito comigo, mas queria te falar que pra mim é diferente.

Ela parecia ter se petrificado. Real. O mesmo garoto que agia com deboche para impressionar os amigos e não liberava a quadra para elas treinarem vinha assim, de mansinho, falar tudo isso?

Em silêncio, os dois olhavam um para o outro, com as faces queimando.

Por fim, Paula conseguiu recuperar minimamente a fala e disse exatamente o que estava pensando, sem filtro:

— Mas, na boa, na frente dos seus amigos, não é bem assim, né?

— Eu nunca achei que ia ter coragem de falar, mas eu gosto de você — respondeu Bruno, sem responder. — Não precisa falar nada. Eu só queria te dizer isso.

Naquela hora, a escola deixou de existir. A sala vazia, as pessoas começando a chegar, as eleições, tudo. Só havia os dois ali. De tão habituados a se odiar, era uma surpresa enorme que suas mãos ensaiassem se tocar.

De repente, uma música alta se espalhou pela escola, trazendo Paula e Bruno de volta para a realidade com um susto. O garoto simplesmente saiu apressado da sala. Ela, ao contrário, pegou suas coisas sem pressa, muito pensativa, e foi ver quem mais havia chegado.

Amora e Guta chegaram juntas, no horário de sempre. Não era raro que isso acontecesse. A grande surpresa foi encontrar aquela farra na porta da escola, encabeçada pela Jaque e por seus pais, todos de verde e roxo, claro.

Amora e Guta vibraram com a cena e logo se juntaram ao trio, ajudando a promover a chapa. Era contagiante, e os alunos entravam no clima de animação logo que cruzavam o portão de entrada. A campanha estava rolando, e As Carlotas já mandavam muito bem.

Thaís, por sua vez, desceu o mais rápido possível do carro, para que a mãe não tivesse tempo de perguntar nada. E a muvuca na entrada era tão grande que ela conseguiu entrar na escola sem ser percebida. A verdade é que ela temia que a mãe descobrisse tudo, ao mesmo tempo em que sentia uma vergonha gigantesca só de imaginar que teria que participar daquele carnaval.

Thaís foi direto para o banheiro. Ela estudava naquela escola havia anos, mas não se sentia à vontade para falar com alunos que nem conhecia, menos ainda para pedir voto. Na teoria parecia fácil, mas na prática era bem esquisito. Ela suava frio, estava com a boca seca e se sentindo culpada por não estar pedindo votos com as outras. A garota pensava que, se era para fazer campanha (mesmo que escondida dos pais), ela teria de estar junto com as amigas pedindo votos. Mas não havia a menor chance de ela participar daquilo: seu coração já estava disparado como se ela tivesse corrido uma maratona, mesmo estando parada.

Ela respirava fundo, com os olhos abertos demais e as mãos molhadas de suor, e levou um bom tempo para recuperar algum controle sobre o próprio corpo. Aos poucos, seu coração foi voltando ao ritmo normal e a suadeira diminuiu. Ainda sentada no vaso, assustada e tentando recuperar o fôlego, ela se perguntava se fazer campanha desse jeito era mesmo para ela.

Depois de um tempo, com as ideias mais organizadas, ela concluiu que, talvez, pudesse participar de outras formas.

Espalhando cartazes no pátio, corredores, quadras e banheiros, por exemplo. E assim ela fez — o que foi uma decisão superótima. A garota não se sentia mais culpada, já que estava participando da campanha, mas de um jeito que combinava bem mais com ela, sem ter que falar com absolutamente ninguém. Era uma forma de divulgar a chapa sendo meio invisível, nos bastidores, mas fazendo um trabalho que precisava ser feito de qualquer forma.

Assim, à medida que os alunos entravam na escola, depois de passar pelo "trio elétrico" e receber panfletos da chapa, já encontravam as paredes recobertas de cartazes com as ideias e as propostas das Carlotas. Trabalho coordenado de comunicação, mesmo sem combinação prévia, com a participação de todas. Obrigada, de nada.

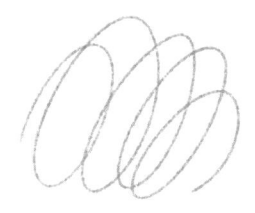

A CASA QUASE CAIU

No dia seguinte as coisas se repetiram mais ou menos da mesma forma, mas no terceiro dia de campanha a situação se complicou.

— Pode se sentar, querida, a Ana já vem — disse a secretária da diretora ao receber a mãe de Thaís.

Sentada na pontinha da cadeira, ela usava uma saia longa de linho e segurava com força uma bolsinha vermelha, observando cada detalhe da sala da diretora.

Depois de um tempo, Ana chegou de mansinho, com um sorriso no rosto e pastas nas mãos.

— Bom dia, Tatiana. Que surpresa você aqui! — cumprimentou a diretora.

— Pois é, uma surpresa para mim também — respondeu a mãe de Thaís muito séria, visivelmente preocupada.

Ana deixou as pastas sobre a mesa, ofereceu um cafezinho e se sentou em sua cadeira.

— Me conta, o que está acontecendo?

— Bom, eu ia te perguntar exatamente isso. Vim aqui para entender o que está acontecendo. Hoje chegando na escola encontrei um panfleto no chão com o nome e a cara da minha filha, o que é impossível, porque ela não está envolvida nessa história de grêmio.

A diretora ouviu tudo, surpresa com a informação, e tentou pensar em uma forma gentil de explicar que a Thaís estava, sim, metida naquela "história de grêmio". Concorrendo por uma chapa linda e pioneira, inclusive.

— Nossa, preciso começar dizendo que estou muito surpresa com tudo que você está me trazendo... — ela comentou. A mãe da menina tentou interrompê-la, mas Ana continuou falando, de maneira sutil.

— Tatiana, eu imagino, pelo que você disse, que a Thaís tenha comentado sobre as eleições. — A mãe fez que sim com a cabeça. — Bem, então... acho importante que estejamos na mesma página. Para isso, preciso te contar que a Thaís está realmente concorrendo ao grêmio, com uma chapa chamada As Carlotas, que, aliás, é extremamente inovadora.

Tatiana arregalou os olhos, em choque. Sua filha nunca, nunca mesmo, em doze anos de vida, jamais, em momento algum, havia escondido nada dela. Pelo menos, isso era o que ela pensava. Percebendo a reação da mãe, Ana confirmou que Thaís tinha feito tudo sem contar aos pais, sem a permissão deles. Ela se levantou, deu a volta na mesa e se sentou ao lado da mãe, ainda estática.

— Ela mentiu pra mim, Ana... — disse Tatiana, muito abalada e quase chorando. — Eu não deixei ela participar do grêmio e, mesmo assim, foi o que ela fez. Está participando escondida de mim, eu não consigo tolerar isso.

— As meninas estão crescendo... — respondeu a diretora, respirando fundo. — E isso significa que vão começar a querer fazer as coisas que realmente desejam, mesmo que sejam diferentes do que a família espera. E o grêmio é uma atividade extracurricular, que pode contribuir para o desenvolvimento de diversas habilidades tão importantes para ela quanto o conteúdo trabalhado em sala...

A mãe de Thaís estava com os olhos cheios de lágrimas.

Ana a abraçou. Aquele choro silencioso fez o tempo passar mais devagar.

— Sabe, mãe (era como a diretora se referia a todas as mães que iam até sua sala em situações delicadas como aquela), acho que precisamos atuar juntas. Talvez seja importante eu te contar um pouco mais sobre a proposta do grêmio e as eleições.

Tatiana olhou no fundo dos olhos da diretora, atenta, ainda um tanto chateada.

— Querida, o grêmio e as eleições são os maiores exercícios de cidadania que oferecemos para as nossas crianças. Elas só aprendem de verdade quando o conteúdo faz sentido na prática, na vida delas. Eu estou falando de democracia, liderança, direitos, deveres, comunidade, participação ativa e coletiva. A Thaís é parte do primeiro grupo só de meninas a disputar uma eleição aqui na escola. Sabe o que isso significa? Que elas estão fazendo história. E se ela estivesse perdendo aulas, com notas baixas, poderíamos ficar preocupadas... mas é o oposto. Isso só mostra o quanto ela está envolvida e comprometida com a comunidade escolar. Isso é incrível. Sua filha é incrível.

— Eu sei disso, Ana, mas ela mentiu — disse a mãe.

Na ilusão de manter o controle sobre a vida da filha, ela mesma havia criado as condições para que a menina escapasse dele. Claro, fazia isso na tentativa de acertar e acreditando que seria o melhor, mas só agora se dava conta de que a filha ensaiava seus primeiros voos e, para isso, precisava de mais liberdade. Tatiana tinha de confiar no que havia feito até ali e no amor que sempre havia demonstrado deixando a filha viver. Não havia nenhuma garantia e seria um exercício para a vida inteira.

Nesse momento, tocou o sinal para o início das aulas.

— Sim, ela mentiu. É a melhor aluna da turma e quer tanto uma escola mais justa e com novas referências que até contrariou os pais. Mas fez isso para lutar pelos direitos dela, criando soluções inovadoras para problemas antigos. As melhores universidades de fora do país dão imenso valor a esse tipo de iniciativa para aceitar seus alunos. E eu diria ainda que, além de tudo, ela também mostrou ser muito corajosa.

Uma calmaria se instalou em meio a sorrisos tímidos, e a mãe de Thaís se mostrou mais calma.

— Bom, eu... eu não sabia de nada disso. Nem gosto de falar muito de política, evito sempre que posso, porque não gosto de briga — ela disse para Ana e para si mesma.

— Sabe, o grêmio também é legal por isso. Fazer política assim, no micro, mostra que é preciso dialogar, argumentar. Evita o fanatismo, ensina que dá para admirar sem perder a capacidade de criticar, discordar sem perder a amizade. Bom, o que você acha de chamarmos a Thaís aqui e encerrarmos essa conversa na presença dela?

TRETA, TRETA, TRETA

Aula: ciências. Tema: plantas comestíveis. Local: horta da escola. Ao contrário da professora Isabela, o professor Alfredo era um cara atrasado, ou "flexível com o tempo", como ele mesmo costumava dizer. Mas tinha chegado, e lá foi o sétimo A para a primeira aula do dia, depois de uma manhã intensa de campanha. A turma pôs os óculos de proteção, e Alfredo sugeriu que os alunos de cabelos compridos prendessem as madeixas, porque a ideia era meter a mão na massa — ou, nesse caso, na terra.

Dá para imaginar o interesse das garotas em se sujar desse jeito bem naquele momento... exceto por Thaís. Ela ainda tentava justificar para si mesma seu fracasso em fazer o corpo a corpo da campanha, preocupava-se com o fato de ter mentido para a mãe e com a necessidade de manter suas notas altas. Thaís tentava organizar toda essa energia emocional angustiante com o mesmo empenho e força com que mexia na terra.

Até que, com um susto enorme, em meio àquele grande esforço de concentração, Thaís foi interrompida pela secretária da diretora, pedindo que a menina a acompanhasse.

Seguindo ao lado dela, Thaís se virou para trás e viu suas amigas olhando fixamente para ela, como se quisessem dizer: "tamo juntas".

Chegando na sala da diretora, ela entrou devagarinho, e a primeira pessoa que viu foi sua mãe. Ela conversava com Ana sobre o tempo ameno e úmido daquela manhã de segunda. Confusa e sem conseguir olhar diretamente para nenhuma das duas, Thaís sentiu o coração disparar pela segunda vez naquele dia que mal tinha começado.

— Oi, Thaís, que bom que você chegou. Chamei você aqui porque precisamos conversar — disse a diretora com uma voz amável.

— Filha, eu já sei de tudo. Nós acabamos de conversar, eu e a Ana. E eu fiquei muito, mas muito chateada por você ter me desobedecido e mentido para mim e para o seu pai.

Em silêncio, Thaís sentiu as lágrimas escorrendo pelo rosto.

— Mas também... entendi o seu desejo de participar e se candidatar para o grêmio com as suas amigas. Então... ainda acho que você errou, mas acho que eu errei. E queria te pedir desculpas por não ter te escutado.

Thaís balançava a cabeça, concordando com tudo, mas sem conseguir acreditar no que estava ouvindo. Então agora ela poderia, oficialmente, fazer parte da chapa e seguir com a campanha?

— Filha, eu queria combinar só uma coisa: suas notas não podem cair, tá? — determinou Tatiana num misto de dureza e carinho.

Thaís correu para abraçar a mãe.

— Obrigada por me entender, mãe! E me desculpa... Mas pode deixar. E você vai ver, nossa chapa está linda! Temos tudo pra ganhar — ela disse, enxugando as lágrimas.

— Eu tenho certeza, filha. Agora é melhor voltar para a aula, assim você não perde nada — respondeu a mãe, indo em direção à porta com Thaís e dando um beijo em sua testa.

Que alegria! Thaís sentia que um caminhão tinha acabado de sair de suas costas. Mas também estava com pressa para voltar à aula: não queria que suas notas caíssem de jeito nenhum. Não só por conta da pressão da mãe, mas porque ela mesma curtia muito ser a melhor aluna da sala e não queria perder esse posto.

Quando voltou à horta, cada grupo fazia um registro do crescimento e das características das ervas e PANCs (plantas alimentícias não convencionais, como a vitória-régia) que haviam plantado, para depois incluir em um relatório de análise.

As meninas pareciam concentradas na atividade, mas, assim que chegou mais perto, Thaís percebeu que o papo era outro. Amora, Guta e Jaque conversavam sobre a festa da entrada, atualizando a Paula, que não tinha visto nada por motivos de "presidente do grêmio", o que ela ocultou com uma desculpa esfarrapada. Quando perceberam que Thaís estava de volta, interromperam o assunto na hora e se puseram a perguntar o que raios tinha acontecido na secretaria.

— E aí, Thaís, o que aconteceu? Conta, conta! — pediu Paula, ansiosa.

— Então, minha mãe descobriu tudo… — respondeu Thaís meio séria, enquanto pegava a prancheta para fazer suas anotações.

Em choque, as outras quatro só olhavam para ela, em silêncio e de boca aberta.

— Mas… a Ana conversou com ela e ficou tudo bem. Não falamos muito, na verdade, mas até pedimos desculpas… E o que importa é que agora ela sabe e aceitou que eu participe.

Gritando de animação, as meninas se puseram a pular em volta da amiga para abraçá-la.

— Sim, sim, demais, né. Tô aliviada. Mas minhas notas precisam continuar boas, então bora focar aí nessa aula — ela disse, depois dos abraços. — Ah… tem outra coisa que eu preciso falar. Eu não vou participar da campanha pedindo voto e agitando os alunos com música e bandeira.

— Você o quê? — perguntou Paula, com os olhos arregalados.

— É isso. Eu não vou participar desse jeito — reafirmou Thaís.

As garotas estavam confusas, afinal, a mãe dela tinha acabado de concordar com a participação da filha na eleição. Qual era o problema em pedir votos?

— Mas, Thaís, você acha que se ganha uma eleição como, exatamente? — perguntou Jaque, atônita.

— A gente tá junta nessa! Como assim? O que aconteceu? — questionou Guta, sem disfarçar a impaciência.

— Olha, gente, eu percebi que fico muito ansiosa e nervosa de ter que abordar as pessoas desse jeito e entrar na bagunça... pra mim não dá. Não fico confortável nem à vontade e até passei meio mal — ela desabafou.

— Passou mal? — Guta parecia não entender. — Nós somos uma equipe, você não vai pedir votos sozinha, vamos fazer isso juntas.

— E qual é a dificuldade de entregar um panfleto? Essa é a única coisa que temos que fazer essa semana... — disse Jaque.

— Não, também temos um relatório de botânica pra fazer, mais um monte de atividades além das aulas, e, gente, tudo continua valendo nota, viu? — retrucou Thaís.

— Calma, gente... — tentou intervir Amora, bruscamente interrompida por Paula.

— Então você está fora? É isso? Você decidiu que não vai fazer nada pela eleição e agora vai se dedicar ao relatório de botânica? Bem agora que a sua mãe deixou? — falou Paula, sem paciência.

— Eu não falei nada disso — respondeu Thaís. — O que eu falei é que não quero entregar panfleto. Vocês estão fazendo uma tempestade em copo d'água. Eu estou aqui, faço parte da chapa e estou trabalhando muito pra sermos eleitas. É só que essa coisa de fazer campanha não é pra mim. E aliás, todo mundo me acusando aqui, mas saibam que, se tem cartazes espalhados por toda a escola, é porque eu colei todos. Não pedi voto, mas fiz tudo o que planejamos antes mesmo de o sinal bater. E agora, sinto muito, mas vou fazer meu relatório de botânica.

Paula, Jaque e Guta ainda estavam chocadas e até um pouco bravas. Não sabiam o que pensar.

— Bom, acho que tudo bem você ajudar desse jeito. Achei legal que você colou os cartazes, eu vi nas paredes e nem parei pra pensar em quem tinha feito isso — comentou Jaque, meio tímida.

Amora continuou tentando acalmar os ânimos.

— Olha, gente, eu nem sei o que dizer… mas primeiro a gente precisa comemorar, a mãe da Thaís topou a coisa toda e isso é o máximo. E outra coisa… temos que nos preparar para o debate. Então, precisamos decidir quem vai falar, que mensagem queremos passar e que perguntas vamos fazer para as outras chapas. Além de treinar, né…

— Foi mal, mas não tenho cabeça pra pensar nisso agora. A campanha mal começou e já tem gente meio que abandonando o barco — respondeu Paula, saindo em direção ao banheiro.

A aula de botânica seguiu barulhenta, mas as meninas estavam em silêncio.

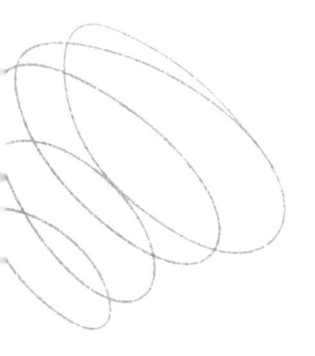

TORTA DE CLIMÃO

No dia seguinte, As Carlotas passaram o primeiro período caladas. A vibe dos primeiros dias já era. A Thaís tinha mesmo jogado um balde de água fria na turma. Se ninguém esperava que a mãe dela descobrisse tudo e a deixasse participar, era ainda mais inimaginável que ela se recusasse a pedir votos.

Quando tocou o sinal do intervalo, a sala se esvaziou, a não ser pelas meninas, que continuaram por ali. Como elas ainda tinham decisões importantes para tomar até o fim do dia – escolher quem falaria no debate, por exemplo –, o conflito teria que ser deixado em segundo plano.

Enquanto as garotas criavam coragem para voltar a conversar, Bruno passou discretamente por Paula, deixou um bilhete com ela e seguiu para o intervalo sem olhar para trás. Antes que alguém visse, ela tratou de guardar o bilhete no bolso o mais rápido possível.

— Bom, a gente vai ter que resolver como vai ser amanhã — disse Guta.

— Eu pensei se alguém não toparia se voluntariar… Quem sabe? — sugeriu Thaís, olhando para Paula.

— Olha, eu gosto da ideia e até topo me voluntariar… — respondeu Paula, enquanto Thaís piscava os olhos, sentindo o prazer de ter razão.

Todas encaravam Paula. Jaque deu um sorrisinho maroto, oferecendo seu pêndulo de cristal para resolver a questão. Guta abraçou a amiga, dizendo que não precisava. Paula voltou a falar, um pouco para as meninas, um pouco para si mesma:

— Eu acho que falo bem em público. E eu, mais do que ninguém, quero usar aquela quadra. Enfrentar os garotos não será nenhuma novidade para mim.

— Como sempre, eu vou amar assistir. — Guta sorriu.

— Por mim, está fechado — falou Amora.

— Eu adorei, seu sol em áries vai fazer você brilhar. Artemis, a deusa da caça, vai ser implacável, tenho certeza! — exclamou Jaque.

— Bom, então chegamos a um consenso! Se a gente ganhar, nossas decisões têm que ser tomadas assim, hein? Pensei em organizar um material de apoio pra você e estudamos amanhã, Paula, o que você acha? — perguntou Thaís, tentando uma trégua com a amiga.

— Nossa, não tinha pensado nisso, eu acho ótimo! Me ajudaria muito — respondeu Paula, desatando o último nó de tensão daquele dia.

Thaís pegou alguns papéis da mochila e começou a falar:

— Eu até já fiz um levantamento dos participantes. Então vamos lá: concorrem ao grêmio três chapas, duas além da nossa. A principal concorrente e favorita é a chapa Campeões, que vem para a reeleição. Tem a liderança do Bruno, o provável participante do debate. Concordam? — perguntou Thaís, ao que as outras assentiram com a cabeça.

Paula se aproximou dela, prestando bastante atenção.

— A abordagem deles é muito tradicional, acredito que não venham com nenhuma proposta inovadora de mudança. Devem argumentar que querem permanecer no grêmio para continuar o trabalho que vêm fazendo.

— Ou seja, nenhum — comentou Jaque com malícia. Todas riram, menos Paula, que seguiu atenta.

Thaís continuou:

— Considerando que a Paula já deu uma boa lição no Bruno, não acho que vai ser difícil. A outra é a chapa Natureza e Liberdade, representando os veganos. A proposta principal dessa chapa é aumentar a variedade do cardápio da cantina, com menos carne, açúcar e ultraprocessados, tipo bolachas, salsichas e chocolates...

Paula relembrou:

— Eles também propõem que os esportes sejam mistos, pra acabar com a separação de gênero. O que não faz sentido, porque os campeonatos de que participamos não são mistos.

— Nossa, eu nunca tinha pensado nisso, seria bem mais divertido, né? Imagina, todo mundo jogando junto! — disse Amora.

— Divertido pode até ser, mas estaríamos fora de todos os campeonatos. E esse é o argumento mais forte contra essa proposta. E eu não consigo me imaginar jogando com eles... — concluiu Paula.

— Ainda não sabemos quem vai ser o porta-voz da chapa Natureza e Liberdade, porque tem alunos de várias turmas ali. E tem o Diego, da nossa sala — complementou Thaís. — Logo trago tudo isso organizado, com mais informações sobre as propostas e argumentos a nosso favor.

Parecia que estava tudo encaminhado para o debate. Elas correram para a cantina e tentaram comer alguma coisa enquanto ainda tinham tempo. Quem sabe até rolasse distribuir mais panfletos?

Thaís foi para o lado oposto conferir onde mais poderia fixar cartazes.

Paula ficou para trás intencionalmente. Enfiou a mão no bolso, pegou o bilhete do Bruno e leu:

"Me encontre amanhã, antes do debate, atrás da quadra."

O DEBATE JÁ VAI COMEÇAR

Fim de aula e as garotas correram para distribuir mais materiais na saída da escola.

E foi assim que Amora, Guta e Jaque descobriram que o pior momento do dia para panfletar e pedir votos é a hora do almoço. Todo mundo morrendo de fome e de pressa, sem nenhuma vontade de ouvir ou pegar qualquer coisa — muito menos um papel. O desafio era se manter confiante e no clima diante desse tipo de rejeição. Isso só dava para aprender na prática.

Enquanto isso, Thaís terminava um dossiê completo de possíveis perguntas e boas respostas para a Paula estudar para o dia seguinte. Uma coisa não dava para negar: esse era seu jeito de fazer campanha e, nisso, ela era imbatível.

Paula, por sua vez, era competitiva e adorava vencer, especialmente frente ao Bruno. A noite seria longa para ela, que pretendia treinar argumentos e perguntas até altas horas.

No dia seguinte de manhãzinha, o marasmo da panfletagem da hora da saída tinha sido substituído por outra festa, com a liderança do trio Guta, Amora e Jaque.

A diferença era que, dessa vez, elas tinham concorrência. O clima da eleição já era outro, e os alunos entravam na escola com vários panfletos, das três chapas. As meninas começaram a perceber que precisariam se esforçar ainda mais para conquistar cada voto.

Thaís chegou bem na hora do sinal. Intencionalmente ou não, ela tinha escapado de mais um momento de ansiedade e tensão. Ufa!

Já na sala, Paula estava prontíssima e exalava confiança.

Infelizmente, a ansiedade das meninas não fazia o tempo passar mais rápido. As aulas daquela manhã, com certeza, demoraram muito mais do que todas as outras. Uma agonia.

TIC –TAC – TIC –TAC – TIC –TAC
TAC–TIC –TAC – TIC –TAC – TIC
TIC –TAC – TIC –TAC – TIC –TAC
TAC–TIC –TAC – TIC –TAC – TIC

Finalmente, bateu o sinal do intervalo. Paula saiu correndo da sala, sem falar com ninguém. As outras entenderam que a debatedora precisava de um tempo e levaram materiais e bandeiras para o pátio, pois o debate ia começar.

Enquanto isso, Paula e Bruno já estavam atrás da quadra. Ela estava bem confusa e se perguntava por que tinha concordado em encontrar o garoto. Depois de um segundo de silêncio constrangedor, ele disse:

— Oi, e aí? — Bruno desviou o olhar, mas estava feliz, afinal ela havia aparecido.

— Oi! — A objetividade era uma das qualidades de Paula, mas, naquele momento, talvez não ajudasse.

— Como você tá? — ele perguntou, paciente e interessado, agora olhando para a garota.

— Eu tô bem — respondeu Paula. — Por que você me chamou aqui? A gente tem um debate tipo… agora.

— Ah, sim — ele disse, mais sério e apressado. — Bom, primeiro, queria te falar que sou eu quem vai debater com você. Mas fiquei pensando… se a gente não poderia combinar, assim, eu não te faço nenhuma crítica, e você também não. E aí ficamos mais confortáveis pra ir pra cima do Diego. Aliás, uma chapa de veganos, que mané, né? — Ele ri.

— Como é? Peraí, você tá querendo fazer um complô comigo? Armar esquema com o adversário? Como assim? — perguntou Paula, indignada.

— Não, não é isso. É que eu quero te proteger, a gente não precisa entrar num embate — ele tentou explicar, piorando a situação.

— Me proteger? Tá doido? E eu lá preciso de proteção? E mais, eu lá preciso da SUA proteção? Cara, você não me conhece. — Ela deu as costas e voltou ao pátio. Que decepção. "E eu até cheguei a cogitar que ele é bem gato", ela falou para si mesma, sem intenção alguma de compartilhar com ninguém o diálogo que acabara de ter.

Bruno ficou ali parado, sem reação: não precisou de muito tempo para perceber que tinha errado feio.

A tensão pré-debate estava no ar.

QUEM É QUEM

Um pequeno palco fora instalado no meio do pátio, em frente à cantina. Os integrantes das chapas já estavam todos lá, a postos. Àquela altura, todos estavam na expectativa do debate, e as eleições eram o único assunto possível na escola.

Então, a professora Isabela pegou o microfone, animada:

— Bom dia, Escola Cora Coralina! — Ela abriu um sorriso, virando-se também para os candidatos. — Esta semana, iniciamos a eleição para o grêmio estudantil e, como vocês sabem, hoje é dia de debate entre as três chapas candidatas. Primeiro, cada uma terá alguns minutos para se apresentar e expor suas principais propostas. Depois, teremos um momento para responder perguntas dos eleitores, ou seja, de vocês, alunas e alunos. Cada chapa definiu um porta-voz, que é a pessoa que irá falar em nome da chapa, e cada um deles terá um minuto e meio para responder. É pouco tempo, mas nossa prioridade é garantir que nenhuma pergunta fique sem resposta. Alguma dúvida?

Como ninguém disse nada, ela continuou:

— Certo, então, por favor, porta-vozes à frente.

Paula, Bruno e Diego se levantaram. O terceiro debatedor parecia um pouco nervoso com a perspectiva de falar em público. Paula disfarçava bem a raiva que estava sentindo de Bruno e a ansiedade. De sua parte, o presidente do grêmio estava com um ar misterioso.

— Vamos começar pela apresentação, na ordem definida por sorteio: chapa Campeões, chapa As Carlotas e, por fim, Natureza e Liberdade. Por favor, à frente… valendo.

Bruno se levantou. Apesar de ter lançado rapidamente um olhar envergonhado para Paula, ele exalava confiança. Parecia até mais alto. Encarava com firmeza cada um dos alunos ali no pátio.

— Bom dia!

Muita excitação na plateia. O garoto certamente era popular.

— Eu sou o Bruno e, como vocês já sabem, sou o atual presidente do grêmio. Estamos aqui em busca da nossa reeleição.

Algumas crianças começaram a aplaudir, mas os aplausos logo cessaram.

— Não vou me alongar muito, porque vocês me conhecem, sou aquele com quem vocês sabem que podem contar, brincalhão, capitão do time de futebol masculino, que trouxe o principal troféu da Copa Estadual para a nossa escola. Vocês se lembram da festa, do orgulho da nossa escola? Jogamos por isso, jogamos por vocês! Tudo isso é por vocês.

O garoto sabia cativar.

— Eu digo, com certeza e tranquilidade, que nós, da chapa Campeões, vamos continuar fazendo o que sabemos, vamos continuar trabalhando. E é por isso que eu peço, para cada um aqui, a confiança do seu voto e dos seus colegas. Conversem e observem tudo o que fizemos por vocês e pela nossa escola. Na sexta, votem chapa Campeões! Muito obrigado!

Ele era inexplicavelmente seguro e sedutor; ele e o microfone pareciam amigos de infância. Apesar da falta de conteúdo, foi um minuto e meio de hipnose, ninguém tirou os olhos dele. As crianças estavam eufóricas, pareciam esperançosas.

Então foi a vez da Paula. Ela se levantou, já com o microfone na mão. A coragem fazia parte da sua natureza, mas o carisma... nem tanto.

— Eu sou a Paula, estou aqui em nome da chapa As Carlotas. E eu queria fazer uma pergunta: vocês sabem quantas garotas estudam aqui na escola? Somos pouco mais da metade dos alunos e alunas matriculados. Somos maioria também entre professores e funcionários. E vocês sabem quantas vezes uma garota fez parte do grêmio? Ne-nhu--ma. Nunca uma garota pôde trazer contribuições para a nossa escola.

As crianças pareceram muito surpresas com aquelas informações. Ela tinha toda a atenção da plateia.

— E é por isso que eu estou aqui. Foi assim que nasceu a chapa As Carlotas. Sabemos que nós, garotas, <u>não precisamos que ninguém fale por nós</u>.

Nessa hora, os olhos de Paula marejaram. Ela olhou rapidamente para sua equipe; não estava sozinha. As causas da chapa As Carlotas eram bonitas demais, e era bom ver todo mundo reconhecer aquilo.

— Estamos aqui porque queremos mais inclusão, mais diversidade. Queremos ser protagonistas em todas as atividades da escola, em todos os lugares, não só em sala de aula. Se você também está cansada de não ser ouvida, se você quer ter paz para usar a quadra de esportes ou se você entende nossa posição, nós queremos te conhecer. Nesta eleição, é mais do mesmo ou é Carlotas! Nesta sexta, eu peço o seu voto, vamos juntas e juntos fazer história. Vamos eleger a primeira chapa de mulheres da nossa escola!

Emoção. A verdade era que ninguém estava preparado para ouvir a Paula falar. Não era à toa que ela era capitã do time. Gostar de ganhar não era bom só para ela, também ensinava a fazer história. As crianças se olhavam e cochichavam sobre o que tinham acabado de ouvir. Parecia haver muitas outras Carlotas na plateia.

Paula voltou para o seu grupo. Em silêncio, elas simplesmente sabiam por que estavam ali: sua chapa era necessária, e tudo fazia sentido.

Agora, era a vez do representante da terceira chapa falar.

— Eu sou o Diego, da chapa Natureza e Liberdade, que é uma terceira via nesta eleição. Desde que a escola foi inaugurada, o grêmio é conduzido pelos garotos do time de futebol. A reeleição defendida pelo Bruno de forma muito cativante e gentil é a repetição do que sempre tivemos. São sempre os mesmos, ano após ano, e nada muda. Tudo que o grêmio faz se resume à quadra de esportes, ou seja, quase nada além de jogar. Enquanto isso, as opções de lanche e almoço da nossa cantina também não têm nenhuma diversidade. Temos muitos alunos veganos e pouquíssima escolha na hora de comer. Enquanto isso, a coleta seletiva de lixo é feita de qualquer jeito aqui na escola, o projeto da horta parou sem nem começar e só temos música no intervalo quando alguém do grêmio se lembra, e a escolha é sempre deles. Alguém aqui já escolheu alguma música? Pois é.

Diego estava bastante nervoso, começou a perder o ritmo, falando mais baixo e, por vezes, tropeçando nas palavras:

— A chapa Natureza e Liberdade é uma alternati… escolha possível. Nossas propostas são múlti… muitas, queremos inovar. Queremos representar todos os alunos, de todas as idad… quer dizer, turmas e preferências. Vote em quem leva a escola a sério, vote na chapa que dá voz para todos, vote Natureza e Liberdade!

ESQUENTANDO O CLIMA

— Agora, vamos ao sorteio das perguntas dos eleitores, a segunda e última parte do debate de hoje — disse a professora Isabela, atenta para não atrasar a volta do intervalo.

Ela pegou uma caixinha de acrílico transparente com vários papeizinhos dentro, tirou um e leu em voz alta:

— Quando será a reforma da quadra de esportes? — Como as perguntas seguiram a mesma ordem da apresentação, ela pediu ao Bruno para responder.

Paula revirou os olhos e cochichou:

— Além de tudo é sortudo, ganhou essa de lambuja.

Bruno respondeu como se tivesse nascido para isso:

— A quadra é, sem sombra de dúvida, o lugar mais importante da escola para todos nós, alunos. É o nosso santuário, é lá que nos reunimos para celebrar conquistas e sentir o orgulho que temos da nossa escola. A reforma já foi solicitada desde o início do nosso mandato, mas quem tira a ideia do papel não somos nós. A diretoria da escola tem seus motivos para não ter feito a reforma ainda, mas temos certeza de que desse ano não passará. Nós vimos o projeto e eu garanto a vocês: a quadra vai ficar ainda mais incrível, com a ampliação das arquibancadas e tudo. Claro que estamos cuidando do que mais importa, a nossa torcida. Muito obrigado pela pergunta!

O garoto tinha tirado de letra. Exalava segurança o tempo todo. Pela reação da galera, não dava para negar: a chapa Campeões era a favorita. Mais que isso, o Bruno era o candidato favorito. As Carlotas analisavam cada elemento da fala dele: palavras, gestos, olhares e entonações. Assim, de pertinho, dava para ver mais claramente que a disputa era bem difícil.

— Muito obrigada, Bruno. Vamos à próxima pergunta, agora para as Carlotas — disse a professora Isabela.

Ela tirou outro papelzinho da caixa transparente e leu em voz alta:

— O que vocês pretendem fazer para adequar o cardápio da cantina para os vegetarianos?

Paula se levantou, trocou um breve olhar com as amigas e caminhou para se colocar de frente para a plateia. Ela ainda organizou os argumentos e ideias antes de aproximar o microfone da boca.

— Bom, sabemos que a maioria dos alunos que estudam aqui não tem problemas em comer carne. Então, sim, podemos levar esse pedido para a diretoria se formos eleitas, mas é importante lembrar que é uma demanda de poucos e que, ainda que não seja muito, temos algumas opções só com queijo, por exemplo.

A própria Paula estava pouco convencida de suas próprias ideias. Embora fosse evidente que ela não tinha se preparado para aquela pergunta, continuou falando:

— Por fim, eu queria reforçar que a questão da quadra é, sim, muito séria. Eu estou aqui em nome do time feminino e de todas as garotas desta escola: nós não queremos uma arquibancada maior, não! Estamos cansadas de assistir, nós queremos é jogar, queremos o direito de usar a quadra por períodos iguais aos dos meninos. E ponto final.

A plateia ficou sem reação. Paula tinha passado segurança, mas o começo havia sido estranho, e ela com certeza tinha perdido os votos dos veganos, além de ter mudado de assunto no final.

Ela se sentou ao lado das companheiras, sabendo que não tinha ido bem. As amigas não disseram nada, mas se deram as mãos. Todas sabiam que poderia ter sido melhor, mas o simples fato de estarem lá, juntas, bastava naquele momento.

A professora sentiu o clima, mas continuou:

— Terceira pergunta, para a chapa Natureza e Liberdade: por que eu deveria votar em vocês? Olha que pergunta bacana! — falou a professora. — Por favor, Diego, agora é com você.

— Nós, da chapa Natureza e Liberdade, temos um único objetivo, que é fazer desse grêmio uma potência. Queremos colocar os alunos no centro da escola. E, sim, vamos implementar um amplo cardápio, não apenas vegetariano, mas vegano também, viu, Paula? Então não adianta ter opção com queijo! Vamos compartilhar os projetos da reforma da quadra para que todo o processo seja transparente. E ainda sobre esportes, queremos meninas e meninos jogando juntos, sem separação por gênero. Assim, resolvemos a questão das disputas pela quadra. Quando assumirmos o grêmio, vamos querer ouvir cada um de vocês. Chega de grêmio só para quem joga, chega de grêmio para poucos; o grêmio é de todos! Por isso, nossa hashtag é #OcupaGremio. É isso! Votem na chapa Natureza e Liberdade, vamos juntos quebrar essa hegemonia.

Ele tinha concluído a sua fala e já ia se afastando, mas voltou e disse:

— E todo mundo sabe o que rola entre o Bruno e a Paula, o que é muito ruim caso um deles ganhe.

Diego jogou a bomba e, no segundo seguinte, o sinal tocou. Fim do intervalo e do debate, com os alunos em debandada para voltar às salas, alvoroçados, falando e gritando ao mesmo tempo.

As meninas permaneceram sentadas, paralisadas e chocadas com o que o Diego tinha dito. A Paula estava de boca aberta, embasbacada e cheia de raiva.

Ali, cada uma delas sentia não só o peso da disputa, mas também a iminência da derrota.

DE IGUAL PARA IGUAL

De volta à sala, as meninas ficaram em silêncio pelo restante da aula. Cada uma, à sua maneira, tentava entender tudo o que tinha acontecido. Participar de um debate era realmente intenso e único. Só quem vivenciou isso sabe.

No final da aula, a sala se esvaziou rapidamente, mas As Carlotas continuaram ali.

— Paula, você foi incrível — falou Guta, abraçando a amiga. — Você não gaguejou, não mostrou nenhuma insegurança, nem por um minuto.

— Suuper! Também achei! — disse Jaque na sequência. Guta tentou ser sutil:

— Só, talvez, na parte do cardápio vegetariano...

— Cara, eu já sei — interrompeu Paula, irritada. — Eu não tinha pensado muito nisso, acho que podíamos ter conversado antes sobre esses outros temas... sobre a reforma da quadra também, por exemplo. A gente não discutiu a fundo e eu me perdi um pouco, mesmo.

— Pois é... — suspirou Jaque.

Amora tentou aliviar também:

— Olha, tá tudo bem, você arrasou muito, muito mesmo. E o que o Diego falou no final foi muita apelação pra te expor…

Paula respirou fundo.

— Eu não acreditei quando ele falou aquilo… jogo baixo. Eu tô muito brava. Vou atrás dele para entender de onde ele tirou essa história e por que raios achou que era uma boa ideia trazer esse assunto pro debate.

De repente, ninguém menos que o próprio Diego entrou de volta na sala.

— O que você tá fazendo aqui, posso saber? — perguntou Jaque, indignada com a cara de pau do colega.

E o pior: ele não estava sozinho. Bruno entrou na sala em seguida.

— A gente pode conversar? — perguntou Diego, com Bruno ao seu lado.

Silêncio. Unidas e atentas, as meninas estavam surpresas, mas também curiosas.

— Como dá pra ver, estamos em reunião, então agilizem — falou Thaís quase com desprezo.

— Olha, na real, eu queria mesmo falar com você, Diego — interveio Paula com as mãos na cintura, numa postura desafiadora.

— Bom, eu chamei o Diego pra vir aqui porque achei o final do debate meio… tipo… desnecessário, no mínimo. Aquele comentário, cara… A gente precisa conversar — disse Bruno, calmo e nervoso ao mesmo tempo.

— Galera, na boa, muito me admira vocês dois virem aqui. O que o Diego fez com a Paula, falando aquilo, foi uma invenção que só colocou caraminhola na cabeça das pessoas. E, sim, isso influencia na hora de decidir o voto. Mas é isso, com mulheres na política, os adversários apelam pra argumentos que não têm nada a ver com a campanha, mas com a vida pessoal, e elas ainda são julgadas por isso. E o pior: você sabe muito bem disso — concluiu Amora, surpreendendo todo mundo.

— Exatamente. Esse jogo baixo é triste e chocante, mas não uma surpresa, mesmo vindo de uma campanha toda metida a progressista — completou Thaís.

Diego tentou parecer calmo:

— Gente, calma. Vocês sabem muito bem que estamos em campanha, é uma disputa. E não foi invenção, todo mundo sabe que rola um clima entre vocês.

Nessa hora Paula ficou sem reação, enquanto Bruno olhava tímido para o chão. Nem parecia o cara seguro do debate.

Diego seguiu:

— Mas reconheço que peguei pesado. Já pedi desculpas pro Bruno e peço desculpas pra você também, Paula. Mas não queria, de verdade, que vocês levassem pro pessoal, é sério. Um debate também é feito de estratégias. É como um jogo.

Agora ele olhava profundamente nos olhos de Paula:

— Eu sinto muito, muito mesmo se te ofendi, não foi minha intenção. Você sabe que às vezes rolam uns carrinhos sem noção, e ninguém perde amigo por isso. A política é um jogo de contato, não tem como entrar em campo sem levar uns arranhões. É só isso.

Nessa hora o garoto parecia tentar falar a língua dela. Paula ficou pensativa. As garotas respeitaram o tempo da capitã e aquela troca de olhares. Já que o assunto era com ela, aguardaram sua resposta.

— Diego, o que você fez não tem desculpa. Essa disputa é bem diferente do futebol. Ganhe o debate trazendo boas propostas, mostrando que você quer o melhor para os alunos. Apelar pra invenções sobre a nossa vida pessoal é simplesmente ridículo. Esperava bem mais de você. Corta esse papo de arranhão e mostra que você se arrependeu de verdade — disse Paula, olho no olho com Diego. — E pode ter certeza, nós não vamos baixar a guarda. Nós viemos pra ganhar.

Diego ficou sem chão. Depois de segundos que pareceram horas, ele disse:

— Você tá certa, Paula... Nem sei o que dizer. Me deixei levar pela competição e perdi a razão. Só posso prometer que nunca mais vou fazer nada desse tipo de novo. Desculpa. — Ele respondeu, visivelmente envergonhado.

Bruno, que até então estava ouvindo tudo calado, aproveitou-se das desculpas do Diego para também se desculpar de um jeito que só a Paula entenderia:

— Acho que numa competição é fácil mesmo perder a razão... Acabamos agindo sem pensar... Quando percebemos, já fizemos a besteira, e o jeito é se desculpar...

Depois de ter desabafado, Paula, já mais calma, percebeu que Diego e Bruno estavam mesmo arrependidos.

— Tá, eu aceito suas desculpas. Que vençam as melhores propostas! — disse a garota, decidida.

Eles se cumprimentaram como oponentes maduros, certos de que o compromisso com os colegas e as suas necessidades era muito maior que as diferenças entre eles.

Na saída, Paula, Diego e Bruno se olharam. Paula sentiu ter conseguido provar exatamente o que queria: os garotos estavam longe de ser melhores que elas. Em seu entender, o mínimo que se podia esperar era respeito, ser tratada de igual para igual.

A CAMPANHA CHEGA AO FIM

O último dia da campanha finalmente tinha chegado. E foi exatamente como o primeiro. As meninas estavam com uma sensação permanente de atraso, mesmo que nenhuma tivesse perdido a hora. Ainda assim, cada uma à sua maneira, continuavam com o mesmo sentimento de urgência.

Amora havia dormido na casa de Guta na noite anterior. "Dormir" era jeito de dizer. As duas passaram a noite na mesma casa, porque dormir de verdade, foi quase nada. Além de terem ficado fazendo panfletos para o último dia até tarde, não conseguiam dormir depois de tanta ansiedade. Resultado: as duas com cara de ontem, dedos manchados e ainda mais ansiedade. Mas tinha valido a pena. Faltavam poucas horas para a eleição, e ainda podia acontecer muita coisa.

Thaís chegou cedo, e também estava acelerada. Ela aguardava Guta e Amora na porta da escola, andando de um lado para o outro. Tinha nas mãos algo que parecia um mapa: ela havia criado uma espécie de dossiê com o perfil de cada grupo de meninas, sala por sala, com nome, idade, turma, do que gostavam e onde costumavam se encontrar.

Thaís tinha pensado em uma coisa muito importante e também muito óbvia: se a escola tinha metade de alunas meninas e esse era o principal público da chapa das Carlotas, era com esse público que elas deveriam conversar. Ela pretendia entregar o material que as amigas tinham feito à noite para cada um desses grupos, em todas as salas. Elas precisavam dos votos dessas garotas, um a um. A matemática não mentia: se todas as meninas da escola votassem nelas, elas seriam eleitas.

Jaque resolveu repetir a dose do primeiro dia, mas agora com ainda mais apoiadores: além de seus pais, viriam também amigos e colegas de trabalho dos dois. Não parava de chegar gente, adulto, adolescente, criança. A porta da entrada da escola parecia terça-feira de carnaval. Música alta, todo mundo animado e dançando, uma festa. Todos ali sabiam que a chapa As Carlotas merecia muito ocupar aquele grêmio.

No meio da folia, Paula parecia a porta-bandeira. Estava em êxtase, como costumava se sentir quando estava em campo. Falava com todas as eleitoras e os eleitores, pedia voto, convidava para se juntarem à campanha, brincava e gritava palavras de ordem.

Paradoxalmente, o cansaço e a ansiedade tinham o mesmo efeito de um energético. Elas podiam vencer e seguiam trabalhando muito para isso.

Então, o sinal tocou: a campanha estava encerrada.

Paula e Jaque se abraçaram em meio à barulheira, agradecendo uma à outra, exaustas. Sonhar era cansativo, e levar o sonho para a vida real era mais ainda. As meninas se despediram dos apoiadores de última hora e entraram na escola. No meio do pátio, Amora, Guta e Thaís se abraçaram, chorando, quando a dupla que estava do lado de fora se aproximou.

— Gente, foi lindo — falou Guta.

— Nós fizemos tudo o que pudemos fazer — disse Thaís.

— E foi divertido, vai. Eu nunca fiz nada parecido e nunca vou esquecer o que passamos juntas. A gente pode ganhar ou perder, mas isso aqui é amizade de verdade. — Amora estava com os olhos marejados.

— Eu estou muito orgulhosa da gente. Vida longa à chapa As Carlotas! — celebrou Paula, também chorando e abraçando as outras.

De volta à sala, ainda sentiam o ímpeto de pedir votos (mesmo sabendo que era contra as regras) ao mesmo tempo em que estavam certas de ter feito tudo o que podiam.

Estavam em silêncio, distantes e alheias a qualquer acontecimento, matéria, nota, professor, prova. Tudo era menos importante que as eleições, que agora estavam na reta final: só faltava a votação e a contagem dos votos.

As aulas se arrastaram até o intervalo. No pátio, os computadores da sala de informática tinham sido transformados em urnas eletrônicas. Agora era oficial, todas as crianças enfileiradas prontas para votar. Já havia filas nas urnas e um silêncio bem atípico para o pátio nesse horário.

Elas também votaram, com orgulho de ver seus próprios nomes na tela. Parecia surreal terem chegado até ali. Pouco antes, elas eram alunas; naquele dia, eram candidatas.

Ainda faltava um tempo antes de o intervalo e a votação acabarem. As garotas tentavam disfarçar a ansiedade, mas sem sucesso.

Por fim, encerrou-se a votação, e os candidatos e candidatas das três chapas se cumprimentaram amistosamente, desejando sorte. Todos haviam tentado, se arriscado, sonhado.

Paula e Bruno se abraçaram. De fora, as pessoas se perguntavam se o abraço não teria outros significados. Então o Diego se aproximou, puxou a mão de Paula e pediu um abraço também. Eram tantas informações ao mesmo tempo e tantas emoções.

A disputa havia criado uma conexão entre os participantes. Era como se todos ali fizessem parte de um grupo seleto. O engajamento na campanha resultava em uma união genuína, difícil de explicar.

Então, a professora Isabela atravessou o pátio e parou diante dos alunos.

— Bom dia a todos e todas. Votação encerrada! Hoje, na saída da escola, teremos o resultado. Boa sorte às chapas! — declarou a professora em alto e bom som, pragmática, seguindo em direção à secretaria.

Depois do sinal, veio mais uma sequência de aulas que pareceu durar até o fim dos tempos.

TEMOS A CHAPA VENCEDORA

O tempo havia se transformado num vilão, numa montanha a ser superada. Nada fazia com que ele simplesmente passasse mais rápido. As garotas seguiam só existindo, esperando a hora da revelação. Eram tantas emoções e uma infinidade de coisas a serem ditas! A imposição da espera e a aula só as deixavam mais inquietas.

Até que o tão esperado sinal deu o ar da graça. As aulas tinham acabado, era hora de saber o resultado. Todos se levantaram de um salto. O tumulto e a barulheira tomaram conta dos corredores e do pátio. Os alunos se aglomeraram em frente à professora Isabela, que já aguardava no pátio iluminado pelo sol.

— Chegou a hora mais esperada, a decisão! — disse ela, erguendo a voz. — Enquanto todo mundo vem chegando, eu gostaria de chamar pra ficar aqui pertinho, na frente do palco, os componentes das três chapas que concorreram à eleição: Campeões, As Carlotas e Natureza e Liberdade.

Parecia um show lotado. Em meio a gritos de apoio e palavras de ordem, as meninas conseguiram atravessar a multidão e chegar à frente do palco depois de muito custo. Lá estavam elas, junto aos concorrentes.

A professora começou a falar. As mãos das cinco amigas se buscaram e se encontraram. De mãos dadas, elas se sentiam mais seguras para ouvir o resultado da apuração.

— Mais um ano eleitoral, mais um ciclo se inicia para a chapa eleita, muito trabalho pela frente, responsabilidades e oportunidades. Vamos ao resultado! — resumiu a professora, sensível à ansiedade da plateia.

Alguns fizeram "ssshhh", outros pediram silêncio. Aos poucos, o vozerio se acalmou. A professora Isabela começou a falar da contagem dos votos.

— Temos 240 estudantes matriculados e tivemos um total de 164 votos válidos, 15 votos em branco e 2 votos nulos. Lembrando que votos em branco são de quem decidiu não votar em ninguém, e os nulos são os que tiveram algum tipo de erro.

Então, ela respirou fundo e anunciou:

— Começando pelo terceiro lugar, com 28 votos válidos — ela fez uma pausa dramática —, chapa Natureza e Liberdade!

As garotas tomaram um susto. A vitória parecia mais próxima! Elas apertaram ainda mais as mãos e

seguraram as lágrimas. Ainda não era hora de comemorar. O respeito à derrota alheia deixava as cinco mais tensas e unidas.

Paula seguiu crente na vitória, não tirava os olhos da professora, pareceu até achar o resultado óbvio. Para ela, jamais ficariam em último lugar. Amora, vermelha até o pescoço, já tinha passado da fase de lacrimejar e estava aos prantos, com as faces completamente molhadas. Thaís, mais contida, apenas observava as amigas, como se conversasse com cada uma delas. Guta parecia distraída, curtindo a tensão, a aglomeração e, agora, a chance real de serem eleitas. Jaque repetia mantras bem baixinho, tentando se acalmar.

Nisso, a professora retomou a palavra:

— Em segundo lugar, com 62 votos válidos e a menor diferença da história das eleições da escola...

A escola parou. Tudo estava em suspenso: o bairro, a cidade, o estado, o país, o mundo inteirinho. Aquelas palavras se alongaram como um eco: "a menor diferença de votos". A disputa tinha sido apertada.

— Chapa As Carlotas!

Gritos e pulos e celebrações inundaram o pátio do colégio. Elas tinham ficado em segundo lugar. Não foram eleitas. Em meio à gritaria geral, a professora finalizou seu discurso:

— A chapa Campeões foi reeleita com 74 votos válidos. Parabéns a toda a escola por mais um ciclo eleitoral justo e democrático. Parabéns às chapas participantes e bom trabalho para a chapa eleita.

Bruno e os amigos pularam e se perderam no meio de seus eleitores, todos eufóricos. As garotas choravam em silêncio, ao mesmo tempo frustradas, satisfeitas, cansadas e felizes pelo caminho percorrido. A turma de veganos da Natureza e Liberdade se aproximou para abraçá-las.

Enquanto a muvuca se dissipava, o quinteto, ainda em meio às lágrimas, recebia abraços e parabenizações. Elas sabiam que nada mais seria como antes.

GUTA DEIXA SUA MARCA

Era tanta coisa acontecendo que Guta parecia não conseguir processar. Estava feliz e ao mesmo tempo rancorosa. Difícil explicar seus sentimentos. Conversava com cada um que concorrera, gargalhava, agradecia os elogios, abraçava eleitoras. Era o fim de um dia definitivamente intenso.

Ela chegou em casa exausta e extasiada. Durante o almoço, contou tudo para a mãe e o irmão. Deram risada, comemoraram juntos. Por mais estranho que possa parecer, ela celebrou a derrota, sentindo orgulho pelo que tinham feito e por como tinham feito.

— Mãe, você viu? Quando eu estava entrando no carro uma garota do quinto ano me pediu um abraço, disse que nunca tinha visto cartazes tão lindos. Ela me convidou pra participar de um projeto que está fazendo nas aulas de artes. Eu nem sei o que é, mas já aceitei — ela contou entusiasmada.

— Imagina, e semanas atrás ninguém sabia desse seu talento incrível. Não é o máximo? — a mãe comentou.

Guta se sentia vitoriosa, feliz, com fome de almoço, mas também com fome de política. Ela terminou de comer enquanto ouvia histórias de outras disputas, derrotas e aventuras do irmão.

Assim que o momento família acabou, ela se levantou e colocou o prato na pia, avisando a mãe que ia lavar depois. Foi para o quarto acompanhada de seu gato, o fiel escudeiro de boa parte da vida da garota. Jogou-se na cama, esgotada, e, meio sem perceber, começou a chorar. Parecia que o cansaço acumulado tinha virado lágrimas. Ela tampou o rosto e se permitiu sentir, mesmo sem saber direito o quê. Tentava entender por que a chapa Campeões vencera de novo, como sempre. Ficou ali ao lado do Batata. Ele, por sua vez, parecia pouco comovido, dedicado ao próprio banho.

Ainda estava com os dedos manchados por causa dos cartazes naquela noite maldormida. Ela queria ter ganhado, claro, queria muito. Mas sabia que tinha feito tudo certo. Imaginou, criou, desenhou cada detalhe de cada bandeira, panfleto, frase, cor, tudo.

O choro foi passando. O que sobrou foi uma leve indignação, uma raivinha. Mas não de alguém nem de alguma coisa. Uma espécie de revolta pela derrota em si. Como a raiva é um sentimento que movimenta, Guta pulou da cama, enxugou as lágrimas do rosto e retomou a papelada e as tintas.

Já estava com a cabeça nas próximas eleições, ou melhor, no dia seguinte. Com um pouco de experiência e muita antecedência, Guta começava a gerar o embrião da próxima campanha.

NASCE UMA NOVA JAQUE

Com tanta coisa acontecendo, Jaque sentia que seus mantras não tinham nenhum efeito físico, apenas mental. E como esse efeito já significava alguma coisa, ela continuava a repeti-los.

Ela ainda estava incrédula com tudo o que tinha vivido. A garota pensava na exposição que tivera; em uma semana, a escola inteira sabia quem ela era. Tinha conversado com todo mundo, escondido sua timidez e sua vergonha em algum lugar distante do passado recente.

Meio zonza com tudo isso, ela entrou no carro. Seus pais estavam eufóricos com o resultado.

— Foi por muito pouco, filha — disse Antônio.

Paulo completou:

— Na próxima vocês levam.

— Próxima? Que próxima? Eu ainda vou levar um bom tempo pra me recuperar dessas eleições, gente. Calma.

A escola parecia ter se transformado num outro lugar, como se ela tivesse atravessado um portal para um mundo novo. O grêmio, a quadra, a diretoria, a disputa, tudo isso era política e sempre tinha sido, mas só agora ela percebia e reconhecia. E o mais surpreendente era fazer parte disso tudo. Ser aluna era fazer política. Aliás, existir era fazer política, querendo ou não. Ela pirava, imaginando quanto tempo de sua vida tinha se passado sem que ela soubesse disso.

No carro com os pais, que ainda tagarelavam animados, ela pensou em como era difícil traduzir, contar ou explicar tudo que tinha vivido. Era como se tivesse terminado de ler um livro, e não dava para *desler* um  livro. Uma vez lido, já era. Conhecimento é isso, depois que se tem, não se perde.

Ela tinha pleno entendimento da derrota, e a tristeza por ter perdido era menor que todo o resto. O que era o resultado da eleição diante do tamanho da disputa, afinal? Ela pensava nas conversas... e na oportunidade de ouvir cada aluna, suas histórias, suas opiniões. Tudo tinha sido tão único, tão especial, que o resultado era quase um detalhe. A campanha havia sido só o começo. Tentar mudar as coisas não dependia de eleições. Era hora de ouvir mais e mais pessoas, entender as necessidades de cada uma, pensar em ações para melhorar o agora e o amanhã! Ela estava assombrada com a delícia de ser a Jaque depois de uma campanha eleitoral. Agora era uma garota tão mais interessante, consciente e corajosa do que antes.

Ao chegar em casa, comeu mesmo sem fome e foi para a varanda, seu cantinho de meditação. Passou o resto do dia ali. O silêncio era seu jeito de entender as coisas. Ela gostava de ficar sozinha e precisava disso. Ela e as energias do mundo tinham muito o que conversar, em silêncio.

No fim do dia, sentia-se viva, satisfeita por aquela realização única. Tinha certeza de estar vivendo sua vida da melhor forma possível. Jaque havia conhecido o sabor da coragem, e esse era o gosto que ela queria levar para sua vida. Ela se sentia pronta para o que viesse.

AGORA É A VEZ
DE A AMORA
CHORAR

Naquele turbilhão, Amora se sentia arrasada. Mesmo depois de ter ouvido tudo de potente e inspirador que a Paula dissera olhando no fundo dos seus olhos. Mesmo depois dos abraços e parabéns calorosos de pessoas que ela mal conhecia... o que ela queria mesmo era chorar. E ali mesmo, ainda entre as pessoas, chorou.

Tudo que passava pela sua cabeça era que elas não seriam do grêmio. Que tudo o que tinham feito não tinha servido para nada. Todo o tempo perdido, os cartazes, os planos, tudo. Parecia um tsunâmi de arrependimentos, e ela não queria mais receber aqueles olhares e abraços. Tudo parecia uma grande encenação, um teatro. Ela se deu conta de que estava, antes de qualquer coisa, morrendo de vergonha.

E assim, de mansinho, sem ser percebida, foi para o banheiro. Em prantos. Trancou a porta, abaixou a tampa do vaso, sentou e desmoronou. A ideia de montar a chapa tinha sido dela, afinal. Nenhuma das amigas tinha dito nada, nunca, em nenhum momento, mas ela não parava de pensar nisso.

"Mal cheguei na escola e já sou uma fracassada. Elas nunca mais vão querer ser minhas amigas, e com razão. Imagina só ter que me aguentar depois de uma derrota na frente da escola inteira... Será que vou conseguir andar pelos corredores sem ser apontada?", ela pensou, arrasada. Estava sozinha naquele banheiro vazio e essa voz ecoava em seus ouvidos, seus julgamentos sobre si mesma eram uma tortura sem fim. Estava com muita vergonha, muito arrependida e muito sozinha.

A verdade era que Amora nunca tinha perdido nada, porque nunca tinha se arriscado. Sempre preferia passar despercebida, nunca tinha sido a melhor nem a pior aluna, sempre estivera no conforto da média. Para ajudar, era também a filha do meio. E ser invisível também tinha suas vantagens, espaço de sobra e muita privacidade, um universo particular que ela sempre amou.

Ela pensava sobre o que as pessoas iam achar dela a partir de agora. Afinal de contas, estava apenas chegando na escola, e a primeira impressão é a que fica. Será? Tudo já era muito diferente por ser a "novata da escola". A única coisa que ela queria era ser uma garota normal.

Ela só saiu dali quando se acalmou e teve certeza de que não encontraria mais ninguém. Enfim, andava pela escola, agora com os corredores vazios, se perguntando para onde iriam as pessoas que perdem uma eleição, quando deu de cara com um cartaz da chapa As Carlotas. Ficou olhando para ele por instantes que pareceram horas e encontrou a resposta: rumo à próxima campanha. Será?!

A BATALHA PODE ESTAR PERDIDA, MAS A GUERRA NÃO

Thaís ainda estava no meio do fervo, mas já queria mais respostas. Tinha sido por pouco, muito pouco mesmo, doze votos exatamente. Ela ainda estava incrédula.

— Professora Isabela, quando vamos receber o relatório? Aquele com o resumo dos votos de cada chapa por sala ou por ano? — perguntou Thaís, seguindo a professora a caminho da secretaria.

— O relatório de votos? Olha, Thaís, tinha que ser você mesmo, viu?! — respondeu a professora, sorrindo.

— Como assim? — disse a garota, meio confusa.

— Já faz mais de cinco eleições que preparamos o relatório de votos, com todos os dados abertos e acessíveis. Claro, mantendo a segurança das urnas e o voto secreto. Mas o ponto é que ninguém, nesses cinco anos, teve interesse em buscar essas informações.

— Ah, é? Bom saber... — respondeu Thaís com um sorrisinho maroto. — Mas então, como fazemos?

— Venha comigo à sala dos professores. Vou imprimir a tabela e já te entrego.

As duas seguiram juntas, em silêncio, até que Thaís perguntou:

— Mas, profe, por que você acha que ninguém nunca se interessou por essas informações? Isso não é meio estranho?

— Sabe, Thaís, a maioria dos alunos, assim como a maioria dos adultos, não se interessa muito por eleições, muito menos por política. E esse desinteresse é também o que mantém sempre as mesmas pessoas ganhando as eleições.

Thaís ouviu atenta. Estava cada vez mais interessada por essa lógica por trás de cada voto, pela forma como cada eleitora e eleitor decide votar. Depois de mais um tempinho ouvindo Isabela, elas chegaram à sala dos professores. Como os alunos não podiam entrar, a garota ficou na porta esperando. Alguns minutos depois...

— Prontinho, aqui está. Bem, acho que não vão te faltar motivos para se divertir nos próximos dias. Mas preciso dizer uma coisa, imagino que você deve ter pesquisado a história das poucas mulheres que entraram na política no Brasil e deve ter notado que não foi nada fácil para nenhuma delas. Então, não pense só nos números desse mapa de votos. Vivemos num país, num mundo, que quase não elege mulheres. Com o grêmio

não seria diferente, não é? — disse a professora provocativa, entregando a planilha.

Thaís recebeu o material tentando digerir mais esse comentário da professora. Ela se despediu e foi em direção à saída. Agora só queria chegar logo em casa para mergulhar nos dados das eleições passadas, sem tirar da cabeça o fato de que As Carlotas haviam sido as únicas meninas a se candidatar ao grêmio em toda a história da escola e no tanto que aquilo significava. Só de pensar em criar estratégias para a próxima campanha, para continuar tentando mudar esse cenário, ela ficava ansiosa e animada. Thaís sabia que ainda tinha muito a aprender sobre política, e esse era um aprendizado diário.

As Carlotas participarem das eleições do grêmio já era uma conquista. A menor diferença de votos da história da escola era uma conquista. Mas agora já passava da hora de as meninas serem as primeiras a ocuparem o grêmio.

PAULA COM O CORAÇÃO TRANQUILO

No meio de tanta coisa acontecendo, Paula conhecia muito bem aquela sensação. Tinha a ver com o espírito esportivo, com o "fair play", ou seja, jogar de acordo com as regras, respeitar os adversários, aceitar decisões arbitrais e agir de maneira justa e honesta durante a competição. A justiça, a ética, o respeito e o senso de companheirismo entre concorrentes são mais importantes que o resultado.

Ela havia cumprido todo o protocolo, olhado no olho de suas parceiras e lembrado a cada uma delas da garra que tiveram durante a disputa. Havia dito a todas como tudo tinha sido lindo, potente e inspirador. Elas tinham lutado para vencer e isso bastava. Foram dias e dias enfrentando medos, criando estratégias e se divertindo juntas. Ela aprendera a fazer assim no esporte e, agora, também nas eleições.

Tem gente que acha que o processo eleitoral é um jogo. Paula tinha certeza disso.

O espírito de capitã pulsava dentro da garota. Ela tinha se emocionado com o resultado, sentido a dor da quase vitória, vivido tudo, da fé à frustração. Sabia que tinham chegado muito perto. Ficar em segundo lugar era a prova mais bonita da história que haviam construído juntas. Na cabeça dela, tudo fazia sentido agora, apesar da derrota.

Antes de ir embora, decidiu passar pela sala do grêmio e olhar pela milésima vez aquela parede cheia de fotos de meninos. Não ver nenhuma menina ali era o que lhe dava vontade de seguir e enfrentar aquele absurdo completo em pleno século XXI.

— Paula...

Ela parou diante de uma sala vazia, de onde vinha aquela voz familiar.

— Alguém falou meu no...

— Oi! — Era o Diego.

— Ah, oi...— ela disse, um pouco sem jeito.

— Te chamei porque preciso te pedir desculpas de novo. O que eu falei no debate foi uma idiotice.

— É. Foi mesmo — respondeu a garota, meio desligada. Sua cabeça já estava em outro lugar.

Diego ficou sem reação com aquela resposta diretona, e Paula logo emendou:

— Bom, quer saber? A campanha, o jeito que eu agi, que você e o Bruno agiram, e agora esse resultado, sei lá... Todo esse processo me fez pensar bastante. Temos que parar de olhar só pro nosso umbigo e olhar em volta. Acho que deveríamos criar algum movimento aqui na escola. Afinal, os de sempre ganharam de novo. E esse mais do mesmo precisa acabar.

— Legal, mas o que você quer dizer com movimento? — disse Diego, intrigado, mas também aliviado por Paula ter mudado de assunto.

— Olha só: os alunos passam o ano todo sem nem lembrar do grêmio. A gente só fala, discute e debate quando tem eleição. Precisamos muito criar um grupo de alunas e alunos ativos e unidos para cobrarmos mais e melhor o trabalho do grêmio. E inclusive fazer tipo encontros mensais para participarmos ativamente das discussões, não só sobre as questões da quadra e da comida da cantina, mas acompanhando de perto todo o trabalho que é feito.

— Nossa, é uma boa! É um jeito de incentivar os alunos a serem eleitores ativos o ano todo, participando das decisões, cobrando e fiscalizando o grêmio — completou o garoto, adorando a ideia.

A cabeça de Paula fervilhava. Eles tinham opiniões muito parecidas e ótimos argumentos para planejarem ações juntos. Unir forças, era isso: as chapas Natureza e Liberdade e As Carlotas juntas buscando estratégias para incentivar os demais estudantes a cobrarem seus direitos. Eles estavam alinhados, e as possibilidades e oportunidades eram infinitas. Fariam política no dia a dia e, assim, estariam bem mais preparadas para as eleições do ano seguinte. Afinal, a causa da chapa As Carlotas não seria jogada pra escanteio: o lugar das meninas era no grêmio! Agora ela estava louca para saber o que as meninas iam achar disso tudo.

Paula e Diego se despediram com um aperto de mão firme, deixando marcado para muito breve um próximo encontro com todas e todos os integrantes das chapas. Definitivamente, nada seria como antes.

SOBRE O VOTE NELAS

O Vote Nelas, que inspirou o título e o tema deste livro, é um coletivo suprapartidário fundado por mulheres, organizado de forma independente, voluntária e colaborativa, que trabalha por um mundo onde todas as mulheres se reconheçam como uma força política.

SOBRE A LEI DO GRÊMIO LIVRE

A Lei do Grêmio Livre, Lei n. 7.398, de 1985, é um marco importante na história educacional do Brasil. Ela garante aos estudantes o direito de se organizar em grêmios estudantis, promovendo a participação ativa na vida escolar. Neste livro, acompanhamos a jornada de um grupo de meninas que decide concorrer à presidência do grêmio estudantil. A história é um reflexo do que a lei encoraja: a participação democrática, a liderança e o engajamento cívico entre os jovens.

Acreditamos firmemente que todas as meninas e meninos podem e devem participar da vida política da escola. Envolver-se em grêmios estudantis não é apenas uma forma de mostrar suas opiniões e seus desejos, mas também uma oportunidade valiosa para contribuir ativamente na melhoria da sua escola. Essa participação é um passo fundamental para o desenvolvimento de habilidades de liderança, comunicação e colaboração, fundamentais para o seu futuro.

Lei n. 7.398, de 4 de novembro de 1985

Art. 1º – Aos estudantes dos estabelecimentos de ensino de 1º e 2º graus fica assegurada a organização de Estudantes como entidades autônomas representativas dos interesses dos estudantes secundaristas com finalidades educacionais, culturais, cívicas esportivas e sociais.

§ 1º – (VETADO).

§ 2º – A organização, o funcionamento e as atividades dos Grêmios serão estabelecidos nos seus estatutos, aprovados em Assembleia Geral do corpo discente de cada estabelecimento de ensino convocada para este fim.

§ 3º – A aprovação dos estatutos e a escolha dos dirigentes e dos representantes do Grêmio Estudantil serão realizadas pelo voto direto e secreto de cada estudante observando-se, no que couber, as normas da legislação eleitoral.

Art. 2º – Esta Lei entra em vigor na data de sua publicação.

Art. 3º – Revogam-se as disposições em contrário.

Brasília, em 04 de novembro de 1985; 164º da Independência e 97º da República.

JOSÉ SARNEY

SOBRE OS AUTORES

Carla é gaúcha de São Leopoldo. Era boa aluna e gostava de se dar bem com as professoras. O primeiro beijo no garoto mais gato da turma rolou numa sala de aula (foi na 7ª série). Entre os 12 e os 15 anos, era uma verdadeira rata de biblioteca. Este é seu segundo livro. Foi coautora, através do coletivo Educação, do título *Volta ao mundo em 13 escolas*. É pesquisadora de comportamento, estudou publicidade e agora se dedica a aprender a falar mandarim. É mãe de um filho e uma filha, e os três adoram discutir o papel das escolas na vida das pessoas.

Maisa é goiana e goianiense do pé rachado. Amava correr atrás de bola, se arriscava em qualquer esporte. Tinha um grupinho de amigas que eram fiéis escudeiras. Ganhou todo tipo de campeonato e perdeu uns tantos, gostava mesmo era de fazer parte do time. Estudou com a mesma turma de alunos por muitos anos e, embora não morresse de amores pelos estudos, achava a escola um lugar incrível.

Formou-se em administração e adora pensar em soluções para problemas que nos são comuns.

Pedro é hacker e nasceu em São Paulo. Mudou várias vezes de escola e fez vários melhores amigos. Com a internet, descobriu um jeito de fazer amigos que podia levar de um lugar para outro. Nunca foi bom em esportes e sempre esquecia de fazer a lição de casa, por isso vivia de recuperação. Gostava de história, da biblioteca e da sala do diretor Saldanha, onde passou várias tardes conversando e tomando café com bolachas.

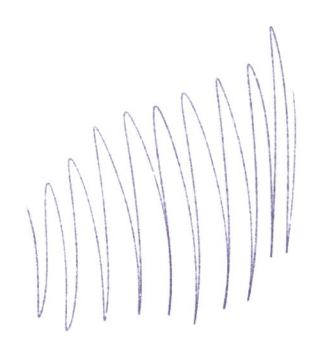

Renata é paulistana e era uma nerd tagarela. O que mais gostava era de fazer novos amigos — independentemente da idade ou do ano escolar. Decidiu participar das aulas de reforço, só para ter mais gente com quem conversar, e fazer vôlei, mesmo não gostando, só para ficar até mais tarde na escola. Nas horas vagas, rabiscava desenhos nas beiradas do seu caderno durante a aula, sem saber que estava treinando para desenhar este livro. É formada em publicidade e propaganda, mas decidiu seguir a carreira dos pais e se tornou ilustradora e designer — com muito orgulho.

A marca FSC® é a garantia de que a madeira utilizada na fabricação do papel deste livro provém de florestas que foram gerenciadas de maneira ambientalmente correta, socialmente justa e economicamente viável, além de outras fontes de origem controlada.

FSC
www.fsc.org
MISTO
Papel | Apoiando
o manejo florestal
responsável
FSC® C107752

Esta obra foi composta em Providence e Charlie
e impressa pela Gráfica HRosa em ofsete sobre papel Alta Alvura
da Suzano S.A. para a Editora Schwarcz em abril de 2024